松本旭句集大全

橘俳句会・編

本阿弥書店

平成15年 橘山房にて

松本旭句集大全＊目次

装幀　渡邉聡司

凡例

○字体表記は一部を除き、原則として原本通りとした。また、明らかに誤字・誤植と思われる字句は訂正した。

○作品及び序文・跋文に附してあるふりがなは原本通りとした。

○原本にある詞書、注等は句の下に示した。

○仮名遣い、送り仮名は、明らかな誤記を除き、原本に従った。

松本旭句集大全

猿田彦（さるたひこ）

昭和四十八年二月十五日
牧羊社
四六判　上製函入　一九八頁
定価　一二〇〇円
収録句数　四〇七句

序

今から十年前、私はこの句集の著者と新宿の喫茶店で逢つた。私の主宰する俳誌に参加するといふ。大学の先生がどれほど俳句に執着あつてのことかと疑ひながら、その志を聞いてゐたが、松本旭君の俳句観も、「河」への傾倒もあまり明らかにし得なかつた。しかし、先輩の浅野信氏の紹介でもあつたので、同人として参加を認めた。当時の作品には歌語が目立ち、調子に流れる傾向があつた。こと俳諧の志と反すると指摘すると、素直にうなづいてゐた。旭君の長所は誠実と素直さにある。

私のところには長距離の走り手が多く、口の悪いのばかりだつたから、だいぶもまれた。旭君は旅に出るやうになつた。しかし、大学の教師だから、春と夏と冬の休暇しか利用できない。この休暇の旅の句を作り溜めして、毎月欠詠することなく投稿して来た。

越後行

雪の夜の牛に声かけ風呂貰ふ　昭37

教へ子酒井久恵三宅島に教師たり、これを訪ふ

島守の汝れの頭に薔薇挿さむ　昭38

島帛こととこと訪うて春寒し

八ヶ岳開拓地

黍嵐娘をとつがせて牛減らす　昭39

明日佐渡へ星の綺羅なす大冬木

鷹の羽拾うて寒し廓跡

甘橿岡

登り立ち国見をすれば春田燃ゆ　昭40

大神神社祭礼

猿田彦の鼻の赤しと東風をどる　昭41

「登り立ち国見をすれば」は大仰だが、滑稽さがあつて面白いとほめた。「猿田彦」の句で旭君は開眼したねと心から祝つた。旭君も心から喜んでくれた。この句集の名を『猿田彦』としたのも、そのゆゑである。先日、毎日映画社が満二ヶ年もかかつて撮影した「大

美和の神々」に深く感動した。大三輪町の大神（おおみわ）神社は三輪山が御神体で禁足地なのである。山頂の奥津磐座（おきついはくら）は大物主神の鎮まるところとして、古来神聖視されてゐる。映画では宮司が大歳の夜山頂にのぼり、聖火を鑽（き）り出し、大松明（二本）に点す。何人かの神官が大松明をかついで山を駈けくだり、大美和の数多い摂社をつぎつぎと詣でて行く。途中で村人が家々の正月の火として、小松明にこの年火を貰ひ受け、真闇の夜空が火の海となり、怒濤のやうに荒れ狂ふうちに、大和の夜があけて行く。見慣れた大和三輪に春がおとづれるさまが、何とも云へぬ感動だつた。旭君の「猿田彦」も大美和の摂社々々を練り歩く祭礼を見ての吟である。

旅の句に苦吟する旭君に、さらりと作つた家族の句がある。私にはこの方が大変面白かつた。「猿田彦」の翌年から始まつている。

妻の来て妻すぐ帰る十三夜　昭42

受験勉強の子のため、吾は二階妻は階下に寝ねて数ヶ月

母来れば二階に通す秋立つ日

妻の枷子の枷夜蟬ぢぢと鳴く

子と通ふ予備校教師鳥雲に　昭43

浪人の子と酒のむやお元日　昭45

北風や爪切るときが子と話す刻

向き合へば一途に夫婦冬日和

風花の咲いて妻子に鮓おごる

教師三月階段を駈け廊を駈け

いま吾子は数学解かむ大試験

長子千葉大医学部合格

北に南に長距離電話ぼたん雪

冬至とて親子四人の小酒盛　昭46

父の髯見てゐて寒のあたたかし　昭47

北風の月蝕すすむ妻の上に

この長子のために、妻女が旭君の二階の部屋に来ても、物音をたてまいとしすぐ階下の部屋にもどる。五キロも離れている旭君の生地からお母さんが訪ねて来ても物忌の部屋で対談。その長男が千葉大医学部に合格した。家族ぐるみの受験戦争だつただけに、その喜びもひとしほなわけだつた。涙ぐましい夫婦の協力ぶりが、さらりと作られてゐる。これらの俳句を旅の句のつなぎのやうに著者は思つてゐるだらうが、この方でも旭君は開眼してゐるのである。

旭君は河賞（昭和四十一年）を受賞した。そのとき私は云つた。君は趣味のつもりで俳句をやつてゐたかもしれない。しかし、この日から、君はさういふわけには行かない。これからの俳句に君は責任を持たねばならぬのだし、「河」の代表選手ともなるのだが、その覚悟があるのだらうね。旭君はうなづき、改めて俳人としての第一歩を進めた。私は彼を俳人協会の幹事に推した。「塔」の会の会員ともなつた。河連衆の一人だけではなくなつたのである。

旭君の特技に将棋があり、一手々々をよく吟味し、憎らしいほどよい手をさす。昨年「河」の出雲大会が終つたあとで、旭君と将棋をやつた。

宍 道 湖 の 夕 焼 終 り 王 を 攻 む

の句を得た。有働亭君がこの句を見て、松本さんの方が上手（うはて）ですねと云ふ。下手（したで）の方が

「玉」をもち、上手の方が「王」をおくといふ知識ぐらゐは有働君も持つてゐるらしい。冗談いつてはいけない。最近私の方が勝率がいい。俳句で「玉を攻む」ではベトナムをいじめるやうでつまらぬではないか。

旭君の俳句の欠点は気分本意のところがあつて、将棋のやうに吟味してゐない。本質に迫つてゐないところがあつた。しかし、これからそれが出るだらう。大いに楽しみである。今年中原誠君が名人となつた。私と同じく高柳敏夫八段の弟子で、私の方が兄弟子。旭君が訪ねて来たので、朝日新聞社講堂で行はれた名人就位式に同道した。

小学生の中原誠君は高柳八段の家に内弟子となり、私の家に毎年大晦日に来て将棋盤や駒の手入れをしてゐた。正月三日には志賀直哉さんや梅原竜三郎さんも見えて、富永惣一・宮田重雄・今泉篤男・久保守の諸氏と将棋会をやつた。少年中原は高柳八段のおともをして来るので、お年玉をあげると、うれしさうだつた。この少年が二十四歳で名人となつた。兄弟子としての私の喜びを察して貰ひたい。名人戦の前に家蔵の「関根名人盤」を名人になつたら進呈すると云つてゐたので、進呈の日に旭君も招いた。旭君は新名人と対局し感銘を深くしてゐた。

旭君は作句ばかりか、十数年来村上鬼城研究に力を注いでいる。その根性と学究的態度で論文・評論を次々と発表しているのはよろこばしい。その人間鬼城の魅力が、旭君の作品の中に何等かの意味で影をおとして来てゐるといつてよい。

この句集の著者が大成するのは、私の責任であるのは勿論であるが、先づ著者自身の覚悟のほどが大切である。旭君の作品は必ずしも天才の句ではない。私と同じやうに努力を積みあげて、その座をなすであらう。私は「大倭の夜明け」が旭君の時代におとづれてくるのを心から期待している。私たちの時代になし得なかつたことが、この人の時代にきつと解決できるに違ひない。

昭和四十七年九月三十日

おくのほそ道の旅に出づる前夜

角川源義

紙漉く家

自昭和二十五年
至昭和三十七年

水甕にうどん一筋紙漉く家

楮束（かづ）はつしと振ればたばしる寒の水

どうと楮束木台（うま）に掛けたり北風をどる

堰切つて楮（かづ）皮をどり冬川へ

紙干しに出て寒梅へ髪なほす

楮晒（さ）しや上瀬下つ瀬鳴りやまず

紙干しに出ては雪嶺見て戻る

蒸桶（をけ）かつぐ諸声寒の土間を馳す

麴室（むろ）一歩寒の眼鏡のすぐ曇る

北西酒造所　三句

寒暁の醪ふつふつどこも鳴る

蘆の芽にひた寄す漣や梅若忌

梅若塚に詣づ

貝塚の貝の白さよ春の雷

城跡の蝌蚪の後肢短かしや

トロッコへ土筆のまじる土を盛る

昼の餉にもどる農夫の花菜みち

青嶺まぢか旅に出て妻みづみづし

バス下りて苺の箱を吾子へ振る

朝餉うまし霧に息づく朴青葉

真間の井やわが夏帽と雲うつす

話しかけては子の葡萄つまみ食ふ

芋茎干す合掌造りの軒日和

合掌造りの奥に稚児泣く芋嵐

葡萄園底澄み光り冬に入る

風邪の子をひと夜抱きねて暁ヶに発つ

越後行　七句

船屋根の夜の雪おとす信濃川

また雪となりをり固きパン齧る

軒まで雪厨どなりに牛眠る

雪の夜の牛に声かけ風呂貰ふ

海暗し喚（よ）ぶより冬の声ちぎれ

赤き肢雪にはみ出し蟹売らる

師走バス片隅にゐてあたたかし

若水くくめば甘さ冷たさされ四十

鯉の肝飲み大寒の空まぶし

吾子入学厠入るにも帽かぶり

菜の花や葺藁投ぐる声はづみ

朝雀子の名手巾に小さく書く

紅きダリヤの一大輪を鶏の見る

菜の花や墳下り来て力抜く

埼玉古墳丸墓山

耕耘機に揚羽蝶とめ話つづく

涙やどす睫毛苺に砂糖盛る

教卓の薔薇嗅ぎてより出欠とる

嫗うつくし小さき夏蚕の繭ごもり

芭蕉翁宿りし家とて
（堺田）

俯せて寝る子へ昼の時計とまる

積み上げし書は目の高さ酷暑来る

菊の香の弥勒の足に触れて見し　広隆寺

夕映柿大(お)原の子等は洟垂らす

藁(に)塚(を)ほつほつ飛鳥は南より霽るる

岡寺は札所七番雁わたる

山葡萄の下明りにて出羽の国

凛々と雁列みだす怒濤かな　柏崎

泣きて来し頭(づ)に蜜柑おき瞳(め)をのぞく

墓の萩揺れをるとわが時計捲く　上野寛永寺

薔薇挿さむ

昭和三十八年

教へ子酒井久恵三宅島
に教師たり、これを訪
ふ　五句

二月小颱見る鶏の目の眩し

春満月アナナスの鉢抱き帰る

春時化の蠅すがりつく船天井

二とせの島の先生つばめ来る

島守の汝れの頭（こうべ）に薔薇挿さむ

浜東風の島の子供は鳶を飼ふ

島鼠ことことと訪うて春寒し

流れ来し螢捕へて暗きかな

青田径水どこまでも蹤きて鳴る

遊行柳

根の方の蝗の背より暮レきざす
木槿一樹たしかに暮るる旅疲れ
下野のバッタとまらせ臂光る
風呂の水音たてて漏る十三夜
山栗掌にころがし髪を結はれをり
四十代粉を噴く柿は撫でて剝く
一握の山栗載する峡の墓
十三夜牛の鼻輪に露きざす
胸中のおもひ声とし菊を剪る
鱗雲明日売る牛の角みがく
朝焼の信濃大根折れやすし

水甕やしんしんたるは冬夕焼

鷹の羽

昭和三十九年

道曲がり篊音生まる花季

新茶甘し元禄の地図のぞき見る

一輛の電車浮き来る花菜中

八ヶ岳開拓地　二句

黍嵐娘(こ)をとつがせて牛減らす

目つむりて金の芒の中にをり

越後湯沢

月代や今宵湯町の芝居見む

秩父夜祭

大花火見てゐて背ナの寒さかな

渡辺寛と越後村松町に遊ぶ　五句

雪来るかつやつや撓ふ藁の束

越新雪鳶は翔たむと息つむる

雪嶺へ振って鞄の鍵ひかる

鳩ならび歩めば日ざす虎落笛

明日佐渡へ星の綺羅なす大冬木

風花や鳴けば引き出す島の牛

佐渡ヶ島　十句

陸（くが）尻の鷹を見てゐて指鳴らす

合掌の手に冬の日の彩づくよ

真野御陵（三句）

塚嘆けこぼれ日駈くる十二月

掌中の杉の木の実をぬくめをり

土（くに）上（なか）に松毬ねむる雁の声

夕焼の馬よりおろす聖樹かな

桐の実の鳴る音白し廓跡

風垣や陸尻めざす牛の列

鷹の羽拾うて寒し廓跡

二番蚕

昭和四十年

御供（ごく）の餅もらふや寒き灌仏会　安居院

花冷えの御供の餅焼く薄き火に

御供の餅食うて舌焼く春霙

藁の馬屋根に抛らむ飛鳥東風

登り立ち国見をすれば春田燃ゆ　甘樫岡

雨来るか移せば熾かかる畑焼火

金魚売の盥に旅の顔残る

大工道具かつぎ橋越す朝桜

室生寺の名入り傘干す花菜照

築土（ついひぢ）に消し炭を干す川原寺

カルメ焼の炭火爆ぜるよ祭笛　大神神社

霽れゆくや一蝶弥宜の肩を越す

花冷えや買うて小さき犬張子　法華寺

奈良坂や石工かげろふ石下ろす

春寒の銅貨こぼして絵馬を買ふ

花冷えや庫裡に下りし大しやもじ

仇野の虻は一途に蹤き来るよ

傷つきし指脈搏つや鳥雲に

白日の虻渦巻くよ千の墓　念仏寺

つばくらや日の竿頭に枡干せり　木曽路　九句

てんと虫葉裏にうつる長き坂

石坂の馬籠（まごめ）よ銀のつばくらめ

鳥の羽ひくひくと飛ぶ梅雨曇　藤村墓

二番蚕を箸もて移す小山彦

野苺や鶏は小さき籠（こ）に飼はれ

雨きざすどこに坐しても滝の音

炎天や木曽の野鼠溝抜くる

つややかに杉玉の枯（かれ）つばくらめ　奈良井宿、酒造りの家あり

馬子が橋越えゆく薔薇の苗さげて
月梢レに鏡花の墓の見当らず　雑司谷墓地
後の月いつか背にあり夢二墓
塔の址見てゐて暑し鵙の声

菊焚火　昭和四十一年

柊の葉に風とがる雪催　安達ヶ原
木枯や鬼の棲家に子等遊び
塚土の黒さしづけさ風花来
笹鳴の仏見てゐて蹠（あうら）冷ゆ
大原や葱ひたすより水奔る

雪雫囁く息のあたたかし

鐘撞くと身をひるがへす花曇

花散つて石の戒壇ひろきかな

どこかする雲水の声花辛夷　大徳寺

花冷えの一燈のこす巫女の部屋

猿田彦の鼻の赤しと東風をどる　大神神社祭礼

食堂(じき)に炭こぼれをり若葉雨　修禅寺

野仏に出羽雀来る朝曇

眉毛に霧溜め形代を水に流す　月山、山頂神社にて二句

霧の重さのせて形代沈むかな

船陸(くが)にあれば波荒る夜の秋

鳳仙花華麗な今日の明け出でよ

千曲(ちくま)川遠白まぶしと翔べる稲雀

萩叢の万朶の露を駒とせむ

偕楽園の一隅、仙奕台に石の将棋盤あり

秋胡瓜より蟻すべる濤の声

われが辺(へ)のものより滅ぶ菊焚火

能登雀

昭和四十二年

滝壺の浅春の虹店鎖す

初東風の笊をたたいて売りにけり

夕立(ゆだち)来か動きてさとき鹿の耳

ただ蒼天金魚交(あ)ふとき動かずに

万緑の雨音となる室生寺

妻あらぬ朝（あした）地に掃く桐の花

役ノ行者の脛の涼しと太鼓鳴る

吉野桜本坊

山の厠に入れば首振る小かまきり

対き合うて背山妹山つばめ来る

牛蛙がくりがくりと眠くなる

光（かげ）曳きて蟬はとまりぬ百度石

松葉牡丹の七色八色尼が寺

手裏（たなうら）涼し禰宜より受くる埴輪馬

誉田八幡宮

妻の来て妻すぐ帰る十三夜

受験勉強の子のため、吾は二階妻は階下に寝ねて数ヶ月

母来れば二階に通す秋立つ日

妻の枷子の枷夜蟬ぢぢと鳴く

此処よりは板橋通る葛の花

佐野渡

能登目ざす夜汽車よ鮓の香の目ざめ

能登一歩朝顔の紺つややかに

北国や野分の中に飯焦す

波音の青き中にて稲架組めり

引板(ひた)引くやとぼけてころぶ能登雀

赤牛の角は美事に芋嵐

崎にある風音の中南瓜煮ゆ

朝雨や市(いち)の茄子は海の色

輪島

麦とろや暖簾の下の日本海

階一つ降りて海見る冬薔薇

極月の芭蕉庵址や大豆干す

逸れ鴨の目つむりしまま流さるる

大年の鶏舎の内(うち)外(と)風奔る

風天下

昭和四十三年

雪嶺見に立つ大鋸(ノコ)をたて掛けて

子と通ふ予備校教師鳥雲に

薬罐のせリフト上り来木の芽風

石仏に土筆供へて曇りけり　金屋石仏

雉子鳴けば築地の土のこぼれけり　玄賓庵

春宵やぴしりぴしりと水の音　大阪、水かけ不動尊

鉄を灼く火の煌々と木の芽時

芭蕉生家水溢れさせ茄子ひたす　伊賀上野　五句

墨磨るや伊賀の梅雨音地にふやし

身めぐりに藪蚊うたふよ故郷塚

空蟬や光（かげ）あるものは天より来

しまひ梅雨はらりと走る百度石　天満宮

のぼりつめたる黒き蟻風（かぜ）天下　義仲墳

光りつつ蟷螂生れぬ芭蕉塚

棚経の僧と連れ立つ瀬田の橋

御仏の鼻梁に触るる涼しさよ　石山寺

夫婦蜥蜴訪れ出でよ法界寺

肺染めて日野の青田の匂嗅ぐ

草清水掬びて石に滴らす

鴨長明隠棲地に方丈石あり

北海道　八句

蝦夷一歩野葡萄の露光りつぐ

萩群落降りつむ雨も蝦夷の色

ざらざらと蝦夷松が立つ高き天

国後（くなしり）島見て咽喉乾く野分中

操舵手は沖の秋雲しかと見よ

国後見て朝の筋子の粒つぶす

木材の弾ねて地をうつ二重虹

秋の虹消えて蝦夷地に腹空かす

誕生仏

昭和四十四年

龍頭(づ)捲く若陽炎の中に来て

何とての膝のさびしさ遠雪嶺

風の坂いつか蜥蜴と見つめ合ふ

一本づつげんげ捨てては水面見る

南風(はえ)の瓦に十三歳の名を記す　京都虚空蔵

みちのくの大寺にして梅を干す

しなしなと鞴を押すもどり梅雨

夏風邪の階下ときどき妻うごく

関跡や光ゲの起伏の秋の蝶　白河の関

鬼出でず岩の動かず朝曇　安達ヶ原観音寺

黒塚を見にゆく裸子に蹤かれ

ただよふは木槿の白さ塚の前

かりがねや墨壺の糸つよく引く

武隈の松のあはひの秋の雲

壺の碑を見る秋風に鑰（かぎ）鳴らし

肘立てて露の音聴く寝釈迦かな

奥の子の臍愛（は）しきかも萩揺れて

秋風の鐘に刻みし誕生仏　富山高岡行　七句

草の実のはぜては遠く能登光る

鱗雲松を目あてに寺へ行く

潟へつづく畷ひとすぢ夕千鳥

高稲架にのりて少年沖を見る

越中は高家造り小鳥湧き

歌神の鵙に啼かるる女坂　　布勢神社

水桶を干す石坂の菊散らし　　五箇山　五句

栃の実を拾へば光る流刑小屋

鵙翔つて流刑部落の礫とがる

麻（を）を績（う）むは平家女人よ秋日笥（け）に

薬研ひくや越の秋風背にどつと

茶の花や武将に小さき石の墓　　長尾為景墓

人の世のさびしくなれば柚子を掌に

妻瘦せて来てをり寒き十二月
妻の座をいたはらむと思ふ冬木立
青年の死や冬旱五十日
北風吹いて誰も来ぬ日のひもじさよ
切符切られつつ雪嶺を振り返る

梅を干す

昭和四十五年

元旦のまづ鬼城句を誦しけり
浪人の子と酒のむやお元日
レモン切る七日の晴のさびしさに
猫が猫誘ひに来たり鳥総松

仲人依頼の二人の帰る鳥総松
厄除饅頭食ふも夫婦や寒の入
北風や爪切るときが子と話す刻
向き合へば一途に夫婦冬日和
二ン月の欅となつてかがやけり
父母の離れて住むや雪雫
立春の棕梠の大鉢かかへ出す
立春の夜は天心に星さがす
風花の咲いて妻子に鮓おごる
教師三月階段を駈け廊を駈け
いま吾子は数学解かむ大試験

北に南に長距離電話ぼたん雪　長男千葉大医学部合格

桐の木の影地に濃くて春彼岸

梅古木おいて盆地の一小社

春冷えの篁ひらく狐川　飯田龍太居　二句

水車番の小屋は消えたる木の芽沢

大氷壁日の逆さまにころがり来

十津川へ川曲り入る初燕

つばくらや南紀の町に古書択ぶ

ずんぐり胴の筍なれど愛(いと)しめり

膝上のメロン一片まぶしめり　秋櫻子宅

六月の樅の一樹が抽んづる　法師温泉

谷川の躑躅となつて流れけり

滝音の瘦する中にて梅を干す

大太鼓鳴るだけ鳴れと颱風圏　香取神宮

バラ銭に秋の風吹く神の石　鹿島神宮、磐座たる要石あり

雹降つて河口の町の魚くさし

波荒れの日は顔痒し松落葉

燈台守出でよサボテンの花は黄に

杢兵衛は峡の奥とて胡麻を干す

わが母の小さくなりぬ秋風裡

白粉花単線駅に月出でよ

長州の木魚叩いてをれば秋　山口常栄寺

菊大輪説法僧のの声りんと
秋風や褻(け)の顔したる石仏
山茶花の白のきはまり磬を打つ
冬の磬打つや女人をまなうらに
大根の痩せて乗り出す行宮址
椋の実を拾うて居りぬ行宮址

屋島　四句

冬鳶や海を俯瞰の石切場
薬箪笥の薬匂へり小六月

平賀源内生家

蓑虫の蓑の薄さよ海女の墓
冬夕焼映し曼陀羅をがみけり
青き海前にし阿波の柿吊す

志度寺　二句

大木偶（でく）の眉根きりりと冬澄めり

盥うどんの味しくしくと阿波の冬

初時雨川に抱かるる阿波の町

厠にて阿波初時雨聴きゐたり

水澄むはかつてザビエル布教の地　山口

北山の時雨れて犬に嗅がれけり

白息を吐きつつ滝を見てゐたり　音無滝

山の音聴かむと鷲の見つめたる

木枯や昨日捨てきしものの思ふ

釧と巻きて

昭和四十六年

川曲るときのしづけさ寒の入

煮こんにやくつるりと食へば小正月

大寒の日のさびしくて本を買ふ

啓蟄の蛇とて蒼し寺家部落

土筆ぬきたる手許より冨士を見る

石一つ投げ陽炎の深さみる

多羅の芽の光蒼しや廓跡

椿咲くその花裏の冥さもて

花びらの舞ひこむ車地蔵かな

車地蔵。石地蔵の台座に石の車あり。これをまはしながら念誦し祈る　四句

さへづりの地蔵へ妻は何願ふ
花冷えの車まはさむ吾もまた
花冷えの経誦さねば心飢う
いつしんに錐の尖とぐ青嵐
白牡丹石の狐の尾の撥ねよ
枇杷の実のころがり今日をふと忘る
角燈を灯す六月山の湯に
岬夕焼馬のたてがみ強く梳く
直として道は村へとつばくらめ
実篤の語しかと涼し村に入る
泰山木の一花や村の納骨堂

新しき村（第五次）は
埼玉県毛呂山町にあり
四句
「この道より我を生かす道なし、この道を歩く」の立札あり

昼の雷びりりびりりと鶏病めり
栗の花妻後ろよりもう来るか
青田風釧(くしろ)と巻きて村に入る

飛鳥坐神社　二句

昼蛙恋蛙森は浮くごとし
耳熱しわが掌上の蟬つるむ

山田寺址

黒揚羽ゆらりと昏き村をおく

橘寺に二面石あり。善面・悪面は人の心を示すと　四句

蟻のぼる石の悪相誰に似し
大鼻の曲りて親し蟬時雨
悪面の鼻曲れよと蟬責付(せっつ)く
悪面に麦茶こぼして別れけり
亀石の首の短さ喜雨いたる

松蔭の涼しさうごく石の上　鬼の爼

口大き人面石に稲妻来

賓頭盧のとぼけて肩に蟬とまる

暑のこもるズボン畳めば小石出づ

岡すずしもつとも光る星さがす　甘樫岡

ニニと鳴く飛鳥仔猫よ朝曇

唐獅子の下をくぐりて涼しけれ　安倍文殊院、快慶作の菩薩像あり

今年竹二人侍したる女弟子

石磬を打つて涼しき曼陀羅図　当麻寺

葉桜のかげ濃きところ尼に遇ふ

青田二段三段塚は暑きかな　竹内は千里の生地

瓜一つ捧げて皇子の墓を去る
二上山頂大津皇子の墓

雄岳雌岳蟬放つより夕焼来

雪花菜(きらず)煮るにほひや庫裡の夾竹桃
恋塚寺。遠藤盛遠の袈裟御前を弔ひしと二句

朝顔に露とつぷりと袈裟の墓

霧ふればこんにやく畠せりあがる
秩父栃本関址

玉虫の全身青くなるまでとぶ

間道や泉にひたす茄子の紺

新涼や巌に掛けし板梯子

雨来れば茄子の大ざる頭(づ)にかざす
日窒鉱山一泊

新涼やくくり緒青き小巾着
塙記念館（三句）、江戸に出る保己一に母が与へしといふ巾着あり

秋風やむすめに宛てし文のこる

紙魚痕の花のごとくに借用証

自筆の借用証文あり

保木野なる小粒石榴に風たまる

保木野村保己一生家

一列に曼珠沙華燃ゆ神の国

出雲路　六句

振向くは国庁跡の早稲田刈

菊の香の八雲好みし長煙管

御殿毬二つ影おく菊の香に

武家屋敷

男舞見ばや出雲の秋風裡

出雲は阿国歌舞伎発祥の地

寝ても今朝見し曼珠沙華消えやらず

秋風や鶏遊びゐる城下町

鳶しかと秋天松下村塾は

秋風や胸に祈りの手をおけば

聖ザビエル記念碑

北山の雲を見てより菊を剪る

籾筵段毎に干す陵の道

菊の香や小扇供ふ大夫墓　常照寺

秋風の遠くより鳴る童子墓

打上ゲ花火の大筒しまふ秋の寺

生マ栗を売る風音の札所寺

秋風の寺井に映す衆の顔

三日坊主と笑はれて立ち菊焚火

光ゲ曳きてしづかに虫の甕うつす

初時雨塩蔵のこす天守閣

食(じき)板を鳴らす山茶花こぼしつつ

婆の背の三日地蔵に北風はづむ

妻より早く寝て風の音十二月

故郷やつるつると食ふ辛味餅

御曹司高背(ぜい)よりの餅搗けり

辛味餅つるりと嬶と顔合はす

猫が耳搔きをり冬至の夜来れば

冬至とて親子四人の小酒盛

父母の噂となれば北風駈けり

雪催胃散を飲んで安んずる

豆撒くらむか

昭和四十七年

出生の地や川上の初霞

銀婚の年の明けけり妻よ子よ

獅子(しし)頭に手を噛ませてみたり山の子は

西山のしかと晴れたる二日かな

父生きよ山茶花の白濃くあれば　父重態

青年の大志は北風の星月夜　新宿

外国便の封切つてをり初霞

寒の夜のわが一言(こと)をさがしをり

濃く匂ふ寒紅梅や父見舞ふ　父もちなほす　二句

父の髯見てゐて寒のあたたかし

母を誘ひをり初大師詣づべく

振り向けばまた風花の秩父かな

笹鳴をさぐる目つきに空を見る

北風の月蝕すすむ妻の上に

北風やレモン色なる地球影

天神に詣でむ山茶花くれなゐに

手（たな）裏に寒餅のせてやはらかし

大寒の街とて書物厚く持つ

妻が猫叱る声して風花止む

寒牡丹誰か背後の足音す

二ン月の暇やひとり言たのし
父母も豆撒くらむか雪霏々と
茶柱の立つや立春雪の止み
二ン月の風音となり顔上ぐる

あとがき

幼いころ、よく父につれられて村の「椿堂」に行った。そのころ、ここには江戸時代以来の椿の古木があって、その樹下に

うぐひすの笠おとしたる椿かな

の芭蕉の句が石にきざまれていた。父はそれを指さしながら、これが有名な芭蕉様の俳句だと言って読みあげる。子供心にも、芭蕉がわたくしの村までやって来たのかと感心した。（後になって、この句が「猿蓑」の中にあるのを知ったが、もちろんわが村でつくったはずがない。）

この父が、旧派の俳句をつくっていて、選を頼まれて赤点をつけたり天・地・人の作品を浄書したりしていたのを見ていた。それを父がいかにも楽しそうにしていたのをおぼえている。

わたくしの生家から千五百メートルぐらいのところを、荒川が流れていた。その両側は広い野原で、浅春の頃には芹がむらがり這ったし、春が闌けるとれんげ草で一面むらさき

にまぶしかった。小さなほりがいくつもあって、近づくと蛙がポンポンと水に飛び込んだ。夏は、青葦の中で、葭切がキリキリッ、キリキリッとしきりに鳴く。

秋には野原いっぱいに芒が揺れた。ある時は金色に、ある時は銀色に光った。荒川洪水の運んだ砂丘で砂あそびに夢中になっていると、遠くでドーンという腹の底にひびく大きな音がおこる。見上げると、西北の彼方に白煙が七、八千メートルも高くもくもくと盛りあがっている。浅間山の噴火である。じっと息をつめてその大きさに見とれていた。

庭先で姉や弟たちと遊んでいると、小鳥たちがしきりに渡った。西南の富士山の方角から黒い一群が湧いたなと見ていると、何百何千の小鳥がザァーッと強い羽音を地上に降らせながら通りすぎる。夕日に染まりながら次から次へと湧いては過ぎた。

ここ「橘の里」の、大自然の美しさと見事さとが、天地自然への愛着を培った。いつしか俳句をひとりで日記風につくりはじめていた。

晩学の東京文理大国文学科に進んだ頃は、終戦まぢかの勤労奉仕の工場で、仲間と俳句会を何回かひらいた。

白梅のこぼるる方のしじまかな　（平林寺）

蓬生を今暁の雨濡らしけり

御民われ春暁とともに立ちにけり

等の作品がある。また、能勢朝次博士の「芭蕉連句講読」を熱心に受講したし、独吟歌仙なども幾つか巻いた。

戦後、加藤楸邨の「寒雷」に拠ったのは、当時の埼玉大学の事務局長　桜井掬泉宅で開かれた俳句会による。楸邨先生がときどき来られて、あのゆたかな温顔で指導された。「寒雷」での十年間は義理にも熱心な作家とはいえなかった。気が向けば東京句会にも出かけたし、作句をしに和紙漉場等に一人で出かけて行ったりもしたが、欠詠が多かった。そのうち、自分の研究の方もいそがしく、次第に俳句から遠ざかっていった。しかしその間に、田川飛旅子・森澄雄・吉田北舟子・青池秀二氏等多くの知己を得たのはしあわせだった。

昭和三十七年十月、浅野信博士の勧めではじめて角川源義先生にお会いし、同人として「河」に参加した。「同人」としての自覚は俳人としての決意と関わった。「継続は力なり」の「河」の旗標のもとに欠詠は一回もせずに今日にいたっている。源義主宰はわたくしと年齢もほとんど変らないので、その心・考え方・行動がよく理解できた。親分肌の情に厚く、しかも細かい所にまでよく気がつかれる。その学究的情熱と作句への精進とは、わたくしの心の強い支えと励ましとになった。
「河」で既に十年。その人柄の大きさと人間的深味を一層感じさせる源義主宰のもと、俳句活動をつづけ得ることの喜びと感謝の念とでいっぱいである。
所詮俳句は、おのれが生命・生活と関わるもの。結局はわが「いのちの充実」がなければよい作品は生まれない。しかしその「飛躍の文学」であるこの短詩型の中に、わが感動を詠みあげ得た時の喜びは、俳人だけが知り得るよろこびに違いない。まさしく俳句は、「生きることの証明」に詠いあげるもの。その日その日の自分の生活を、どこまでも大事にしていきたいと思っている。
いつの頃からかわたくしの心は旅に惹かれている。暇を見つけてはふらりと旅に出る。自分の踏み進んで行くそばから消えていく運命にあるわが足跡を、じっと見つめいとおしむ心・姿勢を大事なものとしている。旅の中でも、歴史に彩づけられた大和・山城の地は最も惹かれるところだ。一歩一歩を進めていると、わたくしたちの祖先の息吹きが、しずかに深く伝わってくるからである。いつしかわたくしもまた、「人生を旅」を観じとって日々のいとなみをつづけて来ている。
一方同時に、「生み出でしものへの感謝」の心が、わたくしの俳句活動の基盤になっているようだ。妻や子・父母の肉親からはじめて、隣人・学究上の友・俳友はいうまでもなく、自分をつつみまもってくれる山川草木を含めた天地自然への感謝の心である。

本句集は、今までの自分の作品千有余の中からしぼって四百七句を収載した。昭和二十四年以前の作品はすべて省いてある。

この句集を上梓して、見てもらいたい、喜んでもらいたいと思った父は、本年六月八十七歳で没した。残念とはいえるが、これを霊前に献じよう。

本句集発行にあたっては、処女句集シリーズに加えて下さった牧羊社社主 川島寿美子さん、同社の西内てる子さんに特にお骨折をいただいた。心から感謝の意を表したい。

今日もここ関東平野のただ中、白芙蓉ゆれる上尾のわたくしの家から、はるかに秩父の青い山並みを見やることができる。晴れあがった空のまぶしさの下、武蔵野の風音をすがやかに聴きとめ得るしあわせを感謝しよう。

昭和四十七年九月三日

橘山房にて

松本　旭

句集　猿田彦　解説

火村卓造

風垣や陸尻めざす牛の列　昭39

佐渡紀行の一句である。この句を誦した時、landscapeという語が自ずと口を衝いた。風景である。それも鄙びた光景の、拡がりに充ちた、ある視点からの眺めである。寒風が冬構への家々に吹き募り、佐渡の島尻は茫々と荒涼の海へ落ち込んでいる。そして黙然と首を垂れた牛の列が行く。視点の定まった、このような壮麗な風光は、この句集の一特色となるだろう。

船陸にあれば波荒る夜の秋　昭41
朝雨や市の茄子は海の色　42
草の実のはぜては遠く能登光る　44
大氷壁日の逆さまにころがり来　45

自ら後記に記すように、松本旭は「旅に惹かれ」、「自分の踏み進んで行くそばから消えていく運命にあるわが足跡を、じっと見つめいとおしむ心、姿勢を大事なものとしている」という。人生を旅とした古人を想い、氏は旅のさ中に、おのれの恃みとする道程標を求めるのである。

木槿一樹たしかに暮るる旅疲れ　昭38
雨きざすどこに坐しても滝の音　40
逸れ鴨の目つむりしまま流さるる　42
颪の坂いつか蜥蜴と見つめ合ふ　44
木枯や昨日捨てきしもの思ふ　44
いつしんに錐の尖とぐ青嵐　46
寒の夜のわが一言(ひとこと)をさがしをり　47
寒牡丹誰か背後の足音す　47

旅情を慰める「木槿一樹」は、氏の心象に「たしかに」くっきりと刻み込まれ、「足音を、じっと見つめいとおしむ心」を満たしたことであろう。それは一里塚のように目に視える確たる存在であった。だが、氏の顔は、ゆっくりと内側に廻り始める。「目つむりしまま流さ」れる「逸れ鴨」に、あるいは人間の流転の相を見たかも知れない氏は、自然の流れを自己の傍らに無理に引きつけようとはしなくなる。「いつか蜥蜴」と「見つめ合い、「昨日捨てきしもの」が、「木枯」の叫びの中に何気なく想い起される。沈潜が始まる。「いつしんに」「とぐ」「錐の尖」は恐らく自己の外側への刃ではなく、ひたすら内へ向う炎である。苦渋の表情すら浮かべて、氏は内面の旅を続けるのである。対象は単純化され「寒の夜」の句のごとく、イメージは太い抽徴の線となり、豊かに緊張する。

さて、このような作者の内なる旅の変遷を辿らなければならないだろう。

水甕にうどん一筋紙漉く家　昭25〜37

句集冒頭の一句は、写実の中に大らかな背景を従え、日常の人間の哀歓を探り索(もと)める方法を提示する。背景のものがものと響き合うのである。だが、この句にも、どこかに作者の温かい眼がのぞき、じっと見すえている。

紙干しに出ては雪嶺見て戻る　昭25～37

ここに暗示されている胸の揺らぎは、徐々に拡がるようである。だが同時に、次のような沈黙が氏の情念を雄弁に掻き立てもする。

また雷となりをり固きパン齧る　昭25～37

とは言え、国文学者としての作者は、感性の狭間に溺れない。広汎な知識に支えられて、抒情豊かな間奏曲を奏でる。

雪来るかつやつや撓ふ藁の束　昭39

松本旭の感受性は自然に感応して慄え、細微な交感の翳りを捉えて余す所がない。

傷つきし指脈搏つや鳥雲に　昭40
柊の葉に風とがる雪催　41
栃の実を拾へば光る流刑小屋　44

玉虫の全身青くなるまでとぶ　46

「いのちの充実」を常に叫んでいる作者の繊細な感覚がこれらの句の余白に、ある種の怖れに似た光を漂わせる。眼に触れるもの、ものとものとを触れ合わすもの、自らの手に触れて確かめるもの——それらのすべてが、「玉虫の全身」の青い光の「充実」に昇華するまで、追い覓（もと）められていく。然し、氏は美への傾倒に赴かない。その作品はあくまで真摯謙虚な人柄を偲ばせ、求道の匂いをこめる。楸邨の「にんげんになれねば燃えて曼珠沙華」に触れて言う。「この句は、まさに曼珠沙華の命を描ききった。作家楸邨は、そのものの真実において燃える姿にうたれているのである」と。「ものの真実」は「いのちの充実」と相触れ相まって、氏の作品の形を深めて行くように思われる。従って、常識的な構成の、形式美に堕した句は極めて少ないのである。

貝塚の貝の白さよ春の雷　昭25～37

赤き肢雪にはみ出し蟹売らる　25～37

一輛の電車浮き来る花菜中　39

てんと虫葉裏にうつる長き坂　40
ただ蒼天金魚交（あ）ふとき動かずに　42
蓑虫の蓑の薄さよ海女の墓　45

これらの作品では、現実世界の対象が、即物的に捉えられ、コントラストの妙を見せる。「赤き肢」のごとき作品は、危険な一句でもあろう。ややもすれば色彩の明確すぎる対象が類想を呼び、平板さを招かざるを得ない。然し、作者はここでこそ、技巧を殺している。「雪にはみ出し」という、恐らくは情景そのままの描写によって、却って「ものの真実」に迫る努力をしている。この叙法は、「てんと虫」の句の小世界の描写に見事に実を結んではいないか。詠嘆調の「ただ蒼天」「蓑虫の」などの作品でも、感性の波立ちは滑らかに処理されて句を引き緊めるのである。

氏の内部の旅路はなお別な道を拓（ひら）く。

耳の聴さである。句集全体を蔽う造型法の自然さと同様、さり気ないもの音が響かう。

松本旭は音の作家あると言えるほど、その基調には韻律への傾斜がある。

どうと楮束木台（かづうま）に掛くれば北風をどる　昭25〜37

の初期作品から擬声音も混え、旭俳句は音の世界を捉えて止まない。

海暗し喚（よ）ぶより冬の声ちぎれ　昭25〜37

島鼠ことこと訪うて春寒し　25〜37

陸（くが）尻の鷹を見てゐて指鳴らす　39

土上（くになか）に松毬ねむる雁の声　39

桐の実の鳴る音白し廓跡　39

牛蛙がくりがくりと眠くなる　42

墨磨るや伊賀の梅雨音地にふやし　43

肘立てて露の音聴く寝釈迦かな　44

音の風物詩は誠に自在に繰り展げられる。揚げた作品には叫喚や寂寥、苛立ちと鎮静、更に象徴性と諧謔と、孤高の調べが聞こえよう。そしてまた、「肘立てて」の句のように、彼岸の音をも聞こうとする静温な志も。
四十四年の、「誕生仏」集から、これらの声々は俄かに静かさを増すように思える。声音は表現から離れ、氏の体内を流れて行くのだ。

一本ずつげんげ捨てては水面見る　昭44
妻の座をいたはらむと思ふ冬木立　44
風花の咲けば妻子に鮓おごる　45
膝上のメロン一片まぶしめり　45
谷川の躑躅となつて流れけり　45
椿咲くその花裏の冥さもて　46
北山の雲を見てより菊を剪る　46

作者はこよなく村上鬼城を愛し、その研究を続けてきた。耳疾に喘ぎ、貧寒の生を過しながら、一種凜とした男性的な作風を示したこの俳人の息吹きは、これらの作品にかい間見られるのではなかろうか。

国文学を覓め、松本旭は長い苦難の道のりを歩んできたという。然し、氏の俳句は徒らに自らの境涯を記さない。詠うときはむしろ、鬼城に似た気魄を顕わにする。

念力のゆるめば死ぬる大暑かな　鬼城

大寒の街とて書物厚く持つ　旭　昭47

この句集にも、ひとつのさわやかな、伝統の念力が溢れていよう……。

（了）

蘭陵王（らんりょうおう）

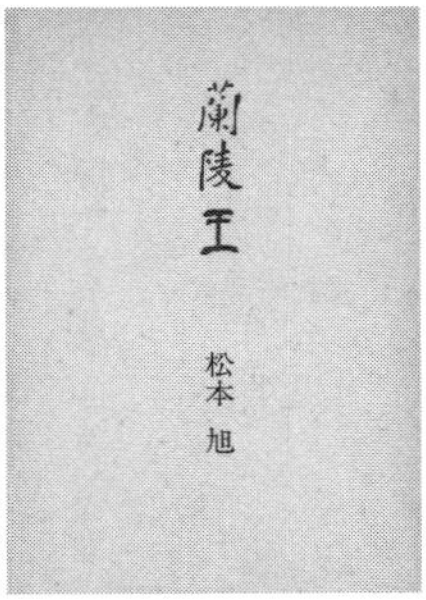

昭和五十三年二月一日
角川書店
四六判　上製函入　二三四頁
定価　二〇〇〇円
収録句数　三六六句

宝珠

昭和四十六年以前

四角の天の一角緊まる新松子

秋風の中ぴしぴしと薪とる

弥陀浄土出て足元に木の実降る　法界寺

離郷十年みんみんみんみん蟬は竿頭に

陽炎の川越えて来る獅子頭借りに

一管の笛に聴入る雛かな

桐の花同じ馬方二度通る

螢籠提げて父たり夫たり

潺泉や身代り地蔵宝珠もつ

犬小屋の犬見当らず朝曇
西瓜の塩まばらに注(ふ)つて五十過ぐ
香たいて寒の一日妻痩せぬ

青き水脈

昭和四十七年

手に重さ載せて書を購ふ二月早や
牡丹雪芭蕉の講義今日終る
雪雫いまだランプを点さずに
秩父鹿ノ湯　五句
薄氷や崖(はけ)の上なる性(をとこ)神
大寺の二月の水となりて落つ
雪解川大きく曲る人の世へ

春暁の女ランプを消し歩く
残雪や腰につけたる鉈一梃
つばくらの翻(かへ)ると教師胸光る
告げたきは一語泰山木の花下
夏火鉢一つ据ゑたり早雲寺
三伏の暑さたしかに書を習ふ
村の子に見られ麦茶を飲みにけり
南風やとぼけてかぶる神楽面
山宿の長き階段夏月夜
露天風呂の朝の挨拶百合匂ふ
山峡の一世界にて蜻蛉生る

充ち来るははるかなる声泉掬む

炎天のゆるがぬものに椎一樹

山巓の麦茶甘しと滴らす

茶臼岳登山　二句

神の意志坪の山頂にて涼し

谷底の声とし聴けば火蛾狂ふ

松陰の広さ涼しさ母郷たり

雑事百日片陰を行き炎暑行き

父軽く提灯に入る魂迎

二階通つて猫帰り来る夜の秋

水神やただ秋風の丸木橋

磐石のゆたかさ萩を咲かせつつ

芋の葉の露芋の葉にあつめ行く

秋天に松毬抛(な)げて父亡しや

禅の寺辞す蟷螂の青を見て

樽の酒ごくりと出羽の十三夜

露金剛羽前の人と声かはす

桟俵に腰おろし待つ出羽の月

藁塚に日のあたたまる蚶満寺

象潟

塔(たっ)頭(ちゅう)や縁先に干す小大根

みちのくの女人さわやか念(ね)珠(ず)ヶ関

秋の海光るを見ては屋根繕(なほ)す

銀婚の旅出師走の満月と

婚二十五年、妻の出生
の地を訪ふ　二十四句

冬満月二十五年は縷（る）のごとし

男（を）の国の男の桜島北風をどる

火の島を鷹見てゐると日暮れけり

冬金魚逃ぐ薩摩弁まうしろに

いざよひの出づれば妻に朱欒頒（わ）く

一鳥居一の笠木の冬雀

桜島、大噴火にて半ば
埋もれし鳥居あり

山茶花や煙吐き出す汽車通す

涸れ川をまつつぐ越えて妻が国

峠より妻の里見ゆ北風が見ゆ

明日冬至盆地の鯉の一列に

歴代医者大王松は冬も青し

水仙や式台高き大本家

深井戸の水の滴冬至来る

冬至南瓜しくりと割れば妻が国

枯蟷螂遠きものの見る貌立てて

一本の棕櫚冬天を滴らす

栴檀は大樹冬日の小学校

冬牡丹殉死の墓の二つ副ふ

銀婚の夜が来る妻も月光裡　指宿

荒北風の光ると種子ヶ島も見ゆ　枕崎

鷹一つ入唐(にっとう)道の青き水脈(みを)　坊ノ津

唐ラ船を待つ木枯の石仁王

冬椿国抜け船はいつ帰る
笹鳴や欲するものは眼前に
茶の花や首突つ立つる鶏がゐて
草津への道松山に松の雪
地に触るる氷柱となりて折れにけり

獅子座　昭和四十八年

北の空青しと二月旅ごころ
残雪をくきりと踏んで富士を見る
春寒の木魚叩いて雨あがる
三月となつて妻より風邪もらふ

下品中生馬酔木は多（さは）に花垂れて　広隆寺講堂

しだれざくらごうと水落つつるべ井戸

背山より胡蝶ひらめく業平墓

八重ざくら京に大師の供養かな

春寒き坊一盞の網代笠

人の世をさむしと観じ椿散る　等持院

影の濃き入鹿首塚麦は穂に　飛鳥　六句

亀石にのぼるや菖蒲太刀さげて

掌にある飛鳥の土筆もらひけり

辛夷散る古代の青き空を曳き

真ッ白に岡寺椿しだれけり

山ざくら一ト間の香を聞きにけり

母呼ぶとすずめのてつぱうみな揺るる

五月風来て本堂に子を寝かす

高橋を渡る筍籠かつぎ

阿蘇青嶺絹のごとくに襞曳けり

阿蘇　四句

火口原（カルデラ）の千の田千の田植すむ

二タ川はいづこにて遇ふ阿蘇青野

草いきれ赤牛どれも番号もつ

松陰も暑し殉教刑死跡

島原　九句

殉教や石に残りし蜥蜴の尾

一松を抽（ひ）きて五尺の草いきれ

刑場址手向けし水に蟻泳ぐ

草いきれ天日ばかり頭(づ)にどつと

甕に水湛へて南風の信者村

武家町の小座敷ばかり枇杷熟るる

殉教の地のつばくらめ海へとぶ

飛燕蒼し天草四郎ここに死す

渺々と麦刈つて沖ふくらみぬ

昼も点すグラバー邸の梅雨曇

長崎

夏蜜柑たわわに寺の畳替

山荘の涼しさ納豆強く練る

海よりの風つよまりぬ竹婦人

白扇の半ばひらくと伊勢の国

胸の辺の軽さに瓢持ちにけり

二タ川を越え秋風の桑名宿

すでに秋関の町なる低二階

君はいま鈴虫鳴かし待ちにけり

蜥蜴の尾やがて見えずに故郷塚

伊賀上野

さわやかに獅子座の獅子のふり返る

新大仏寺

根かぎり鈴虫鳴くと伊勢の国

父達磨子達磨乗せて菊日和

高崎、少林寺達磨寺

雀らの翔（た）つも刈田の伊達郡

みちのく行　五句

棺中の千歳の胡桃尖とがる

平泉、中尊寺

高館はそこぞと指して胡麻を干す
白菜を干す高館をまうしろに
虚栗手向け金鶏山下る
王者のごとき犬にあひけり暮の秋
木枯や一期一会はこの世のこと
夜学子の席立つてまた戻りけり
冬青き一松百の松こぶし
父母の無き初めての師走来る
探し物しては師走の書を移す
一稲荷拝みて冬の今日終る
古本を購へば遠くに冬の星

王将の盤央に来て年暮るる
夕刊の来ぬと知りつつ年つまる
晴れて北風一願成就の鐘を打つ

王者の鯉

昭和四十九年

初みくじ吉と拝んでもどりけり
松の内犬は捲毛の尾を立つる
寒の入近しと墨の濃く匂ふ
夜になりて風が止みけり寒の入
墨磨るや父母のなき小正月
子が家出せしより寒波くり返す

冴返る稲荷に吾子のこと祈る

残雪や誰も来ねども門ひらく

菜の花や火防（ひぶせ）の神へ十五町

干し傘をしゆしゆつとたたむ白椿

満々と大甕に水燕来る

花仰ぐ恋失ひし吾子と来て

牛蛙ごうと鳴き出す隠（こも）り沼

桐の下駄おろして端午曇かな

畳厠の広さ端午の風はしる　川越、喜多院

名刹の牡丹くづると曇りけり

地獄にも夕べ来るなり梅雨鴉　別府　二句

梅雨鴉啼けば血の色最も濃し

風びゅうと蛇はおのれの青憎む

石仏の村や枇杷の実葉隠れて　臼杵

つばくらの一羽になると仏見る

獏のごと雲六月の日を食へり

風呂敷に一冊の本梅雨晴間

梅雨沢に影を映して鎌研げり

六月の神馬しゅくしゅく土を蹴（う）つ

梅雨明けぬ迚も斯くても苦の娑婆は

地図に来て能登の螢の影青し

景品の風鈴鳴らしつつもどる

甚平の脛出してゐて親しかり

螢ぶくろ下界の子より電話来る

八ヶ岳山荘

臍のゴマ取つてをるなり夜の秋

青桐を伐つて九月の高曇

花萩や王者の鯉の近づき来

鯉はねる音して芙蓉の花ひらく

築(つい)地(ひぢ)の下より掃けり御所の秋

唐辛子赤くて水無瀬曇りけり

津の国や枕辺におく秋扇

水はこれすべてを映す鱗雲

鶏頭のこぼし得ぬもののかかげつつ

松山行　五句

十三夜ひとり将棋の角逃がす

妻遠しくしやみ一つの十三夜

萩晴れて〝坊ちゃんの汽車〟に腰おろす

伊豫のうどん黙つてたべる雁渡し

大茶壺店先に据ゑ島の秋　大三島

青き海見ては薬草掘りにけり

五十二番の札所もつとも菊匂ふ

鯛飯を向き合うて食ふ後の月

階暗き厠に行くや十三夜

石蕗の花冷ゆると茶室鎖しけり　栗林公園

石垣の石の充実鵙高音　高松城

わが名もつ神拝みけり鱗雲

象頭山上に旭社あり

曇りつつ鬼城どんぐりころがれり

金比羅宮、嘗て村上鬼城詣でしところ、彼にどんぐりの句あり

一徹に山を映して水澄めり

流鏑馬(やぶさめ)の馬休まする白菊に

出雲伊波比神社

流鏑馬の逸れたる一矢秋草に

菊枯れて口中冥きものをおく

樅の葉を捞いでは雪のにほひ嗅ぐ

天狗めが団扇煽ぐと雪舞ひ来

発哺温泉〝天狗の湯〟

古代めく夜の林檎は手もて拭く

比良八荒

昭和五十年

野を突切る一河の青さ今朝の春

雪来るか伐折羅(ばさら)大将口あけて

飛降るる猫の音して四日の夜

大寒やざらざらと浮く鮭の塩

大寒のわが足跡を大事にす

式典を了へて誰より冬を愛す

埼大付属小開校百年記念式典――時に校長なれば

書に淫す三寒四温めぐりつつ

京菓子を手許におくと朧かな

花冷えの書を習ひたる小半日

寺町や塀を越え来し春の猫　長崎　四句

恋猫の鳴いて山門くぐりけり

まくなぎや寺町の路地突き当たる

ランプいくつ点さば足らむ浅き春　茶房〝銀嶺〟

佐田姫の領巾(ひれ)振る山か雪柳　唐津

春星をさがして数ふ船の上　平戸　七句

殉教の島波音も春の闇

花冷えやこしょろと記す女文字　じゃがたら文

黙したる者はた強し春霰　根獅子部落、かくれ切支丹ありといふ

地を摑む軍鶏の一脚荒東風来

海荒れの殉教部落虹立てり

古都の旅　十二句

春陰やオランダ皿の青き彩

花冷えの寺の円座の一家族

酬恩庵

春寒き一休納豆ほろにがし

男なれば胡坐(あぐら)かきたり花の寺

瓶(みか)ノ原さくら三分の雨となり

恭仁京址

だれも来て子雀仰ぐ神童寺

山桜の影踏んでより御所に入る

呉竹の東風がめくれて御所の庭

祈(ほ)ぎ事を木札に記す百千鳥

野ノ宮

藁打つてゐるや嵯峨野の花散らし

貧乏徳利並べて春は去来の居

落柿舎

祇王寺や早咲き薊小手桶に

鉦打つて祇王に見ゆ春ゆふべ

比良八荒松は己れが身を反らす

唐崎

紀ノ国やどこ歩きても藤の雨

紀伊行　十三句

したたるは紀ノ国の空楠若葉

えいえいと鹿尾菜(ひじき)かつぐと曇りけり

春雲の影移るなり歓喜仏

歓喜天見ての麦笛ぴゆうと吹く

歓喜仏揺れても藤はむらさきに

降らるるもまた藤の雨三輪ヶ崎

若葉雨港に青き船も待つ

紀は夏に背山は鳶の声増やす

君待つか三宝柑も葉をつけて

妻は島に八十八夜の雨音来

妻と会ふ島には島の岩燕

われは湯川、妻は勝浦に泊まりたれば

補陀落や海はもつとも強き南風

直き心して百丈の滝拝む

那智

大滝の落ちて色欲世界かな

延命水のめば神滝せり上がる

嵯峨日記車中にひらく薄暑かな

茱萸小粒落人道は峡に入る

待つといふ名の越辺川濃山吹

「越辺（おっぺ）」とはアイヌ語の「待つ」の意

息太く男滝駈くれば女滝続（つ）ぐ

立読みの旅案内書六月来

核家族梅雨前線はまだ北に

夏の月京の尼より電話来る

腹クウと鳴れり麻蚊帳出るときに

月鉾の見えてなかなか近づかず

北陸行
太田神社、斎藤実盛の兜あり

涼しさを全身にして兜見る

兜の緒紅く垂らして土用入

実盛の脛当倒れ土用入

加賀の地の夫婦涼しきものを食ふ

土の鈴置けば蜩啼きにけり

那谷寺

谷川となつて藤の実流れけり

夕焼背にまた歩き出す古志の国

峡は峡の水を通せり合歓の花

楼上の太鼓うつべし雲の峯
吉崎御坊

大口の暑しかなしと面忿る
肉付きの面あり

掌に載せて芭蕉を拝む芝桔梗
全昌寺、翁の小さき像あり

海渺と小雀(こがら)さへづること止めず
汐越しの松　三句

人を信じて小雀は海へまた啼けり

啼きしきる小雀生涯海越えず

月の出て守宮(やもり)しづかに身構へぬ
敦賀、毛比神宮

涼しさや小貝給はる坊が妻
種(いろ)ヶ浜

祇園会の粽（ちまき）を部屋に掛けにけり

庶民涼し裏の生け垣口あいて

井戸蓋の上に親猫涼みけり

落葉松の栗鼠移るなり今朝の秋

対き合うてガラス拭きけり今朝の秋

鳳仙花坊の家族の遅朝餉

頬白の籠低く吊り蜑部落

八ヶ岳落日あすは胡麻刈らむ

名月や甘きものとて二つ食（は）む

キャンセルの切符を捨てて小鳥湧く

霧の坊紀州の女人遅れ着く

菊の日の坐りたるまま背ナ寒き　源義先生を失ふ

光より流れたる滝今朝の冬　塩原　三句

立冬や上を向きたる火縄銃　宝物館

今朝冬の登城太鼓鳴らさばや

麦蒔の種子注（ふ）るほどの北晴るる

濤音の寒き障子を開けにけり　大洗

石蕗の崖突兀たるを崖憎む

どの障子開けても水戸の冬の天　弘道館

烈公の意地山茶花の白さかな

夫婦鴨さみしくなれば光り合ふ

検分の禰宜着く寒き松の下　春日神社若宮御祭　三句

闇寒し蘭陵王に火の粉舞ひ

冬の月蘭陵王の顔に射す

師走どんづまりて猫の貌洗ふ

雪陽炎

昭和五十一年

元旦の松を雄々しと見てゐたり

見えぬものに目を凝らしけり寒の入

顔を見ると猫が鳴きけり寒の入

七草粥長男次男家空くる

河豚食つて大学教師軽んぜらる

短日の時計見てより歩み出す

冬の鯉切ればひたひた夕焼す

静けさはわが寒中の歩行圏

潮騒の中なる白き息を吐く

大寒や白きまばゆき浜通り

父の船待つごうごうの浜焚火

千鳥来て潮しづかに引きにけり

金銀の壺潮騒を入れて冬

水仙のかたへに青き海苔を干す

絶壁の寒鴉ゆらめくものを見る

花八ッ手冷ゆると漁婦に別れけり

大寒の忙事いつまで靴買はず

千葉御宿　八句

童謡〝月の砂漠〟の駱駝像あり

光るもの見むとマスクをはづしたる
われに俗事三寒四温つづきゐて

都下徳丸、北野神社田遊び　五句

青き矢を放ち狐め見てをれり
鳥を追ふしぐさに春の月のぼる
頰冠して田祭を見てゐたる
冴え返る夜は太郎次めやさしうす
道行のやゝすゝめ麾(まね)けば月上る
春月やあつけらかんと二人交(あ)ふ
子(ね)の刻の雨大粒に二月去る
雛流すまことに小さき餅も添へ
柊の葉に春の雪ひらひらす

奥の細道行　十二句
十符の菅跡、小祠あり

鞴押す老の一徹雪解風

泥芹や崖(はけ)より水の駈け出でて　多賀城址

三人で松抱へけり春疾風(はやて)　末の松山

雪陽炎呼ばるると鹿駈け出だす　金華山

春月に暈(かさ)まなかひの神の島

残雪や畳屋となる御所の跡　平泉、伽羅御所

すつとびの恋猫衣川暮るる

高館の真上曇ると雁帰る

啓蟄や貰ひし矢立持ち歩く

玄(げん)翁(のう)で割るかたき餅日永し

安産の腹帯を売る花の雨　生駒、宝山寺

利久忌の女しづかに百度踏む

小綬鶏にせつかれ躑躅燃えにけり

蚕豆の花大和の天気定まらず

子雀の呼び合うて翔(た)つ平群川

陪塚(ばいちょう)や初成(なり)苺大粒に

石の牛遠目に春の雲を見る　菅原神社

唐獅子の口に手入れて霞みけり　西大寺

花散るや役の行者の高足駄

戸開きの寺白れんの一花冷ゆ

揚雲雀王と妃の陵(はか)応へ合ふ　長屋王、吉備内親王墓

花吹雪志貴山縁起見ずに去る　朝護孫子寺

蟻散るや小楠公の首塚に

清涼寺、狂言堂にて念仏踊あり　八句

嵯峨念仏待つ草餅をたべながら
風が出て嵯峨念仏の始まれり
嵯峨念仏水のむしぐさ花散れり
住職も見てゐる嵯峨の大念仏
山門が見えてをるなり嵯峨念仏
嵯峨念仏立見の客の去りにけり
嵯峨念仏また日が射して終りけり
嵯峨念仏帰りは餅の売切れぬ
日天心さくりと蕗を刈りにけり
息強く吐いて八十八夜かな

八十八夜就職の子の帰り来る

花冷えや古都の筆屋の店先に

大声に鯉売りの去る松の花

風強き日の猫柳先師が恩

蜂の子を食べて明日も晴るると思ふ

したたかに立夏の雨となりにけり

解説

火村卓造

松本旭の句集『蘭陵王』は、処女句集『猿田彦』（昭和48年、牧羊社）所収以降の三百六十余句を収める。昭和四十七年より五十一年までの五年間に亘っている。著者にとって、俳句的人生の第二の貴重な跫音（あし）を録していることになる。

冒頭の「宝珠」には、前句集の拾遺が採られているが、そこに次の句が見える。

西瓜の塩まばらに注（ふ）つて五十過ぐ

初老の人生の一刻が、何気ないほろ苦さを持って描かれている。これはだが、ただ単にその苦さの中に沈淪（ちんりん）している姿ではない。むしろ、「五十」の年輪を嚙みしめ、新しい歩みを始めようとする準備のように取れるのである。

教育者の第一線にある者とし、繁忙な日常を過しながら、氏は時折、己に還る作品を詠みあげてゆく。

三伏の暑さたしかに書を習ふ　昭47
雑事百日片陰を行き炎暑行き　47
銀婚の旅出師走の満月と　47
花仰ぐ恋失ひし吾子と来て　昭49
師走どんづまりて猫の貌洗ふ　昭50
河豚食つて大学教師軽んぜらる　50
冬の鯉切ればひたひた夕焼す　50
日天心さくりと蕗を刈りにけり　50

これらの諸作は、松本旭の日常を過不足なく描き出している。実人生のさまざまな貌が哀歓ともどもども、それこそ「ひたひた」と染みこむ夕陽のように、生活に密着したまま詠みだされているのである。

第一句「三伏」の作の中で、氏は「たしかに書を習ふ」と詠む。この「たしかに」が読者に訴えかけるものは、確に習ふ、という形式的な副詞の意味ではないだろう。それは所謂文全体を修飾する詞なのである。いや、汗を垂らしながら、「たしかに、たしかに、私は書を習い、人生を生きているのだ。」という、氏の生そのものを確める詞なのである。
そういえば、揚出句のすべてに、そういう氏の詩と真実とが孕まれていることが分るだろう。「花仰ぐ」の句などには、父としての真摯な愛が、やや悲しみを抑えたかたちで沁々（しみじみ）と表わされているのである。

特に注目すべきは「師走」の句であろう。これはむろん俳諧のおかしみなのだが、大柄な氏が小猫の貌と戯れている図はまことに楽しい。そして、俗語「どんづまりて」が、ここでは精彩を放っている。

意識した作句法として氏は、俗語を巧みに使っていて、その俗語は、擬音・擬態語を含めて考えられているように思える。

冬至南瓜しくりと割れば妻が国　昭47
残雪をくきりと踏んで富士を見る　47
干し傘をしゅしゅつとたたむ白椿　昭49
大寒やざらざらと浮く鮭の塩　昭50
春月やあつけらかんと二人交（あ）ふ　50

「しくりと」を始めとするこれらのオノマトペは、「割る」「踏む」「たたむ」「浮く」などの動詞にかかっているが、ほとんど聴覚を頼りにして句の中心に坐っている。例えば、初句は令閨の故国鹿児島を訪れた時の人間味に富んだ作品であるが、造語の「しくり」は奇妙にこの作に適合してくる。この擬声音は「さくり」よりの連想語であろうが、意味の上で妻との銀婚の感慨をこめて、「しっくり」あるいは「しっとり」の語感をも表現していると言うことができよう。

揚出最後の作品も、微妙なおかしみに溢れている。「あつけらかん」と「交(あ)ふ」とは、「会ふ」のではなく、「交歓」を意味しているのではないか。つまり、吉野秀雄流の「媾(まぐわ)ひ」を俳句的に凝縮して、春月の照らす中での、素朴な男女のエロチシズムを描きあげたと言うべきであろう。

ともあれこの句集の底流には、松本旭の人間への、更に森羅万象への、温かい慈しみがそこはかとなく漂っているのである。

雪解川大きく曲る人の世へ　昭47

という氏の眼は、人間的世界への豊かな信頼に充ちている。同時に、「大きく曲って」「人の世」に入りゆく雪解川と一体化し、冷静に人間界を見ようとする旺盛な好奇心を知ることができる。

告げたきは一語泰山木の花下　昭47
充ち来るははるかなる声泉掬む　47
父軽く提灯に入る魂迎　47
峠より妻の里見ゆ北風が見ゆ　47
明日冬至盆地の鯉の一列に　47
胸の辺の軽さに瓢持ちにけり　昭48
菜の花や火防（ひぶせ）の神へ十五町　昭49
十三夜ひとり将棋の角逃がす　49
月鉾の見えてなかなか近づかず　昭50
頰冠して田祭を見てゐたる　昭51

これらの十句には、著者の多彩な貌が伺える。「告げたきは」と「充ち来る」の両句に

見える真摯な抒情は、処女句集『猿田彦』の佳句、

寒の夜のわが一言（ひとこと）をさがしをり　昭47

寒牡丹誰か背後の足音す　47

と照応する。抽徴化しながらも、人間の、またものの声をひたと聴き取ろうとする求道者めいた心の表情だと言えるだろう。

　これに対して、「父軽く」「十三夜」「頰冠」などに表われている姿勢は、人間への限りない、いとおしみであり、その俳句的な処理の飄逸さである。

それは、「明日冬至」の鯉たちにも注がれていて、「一列に」並んだ鯉の仕種は、「ひとり将棋」の作者の姿に似てこよう。

　そして、松本旭としては稀なことなのだが、「峠より」の作の浪漫的な叫びがある。この叫びは、まさに妻への愛の献辞ではあるが、二十五年の過去への言葉であるよりは、これからの生の展望のように韻々とひびいてくる。その覚悟に似た生のさ中で、一転して、呟きに類する俳諧を氏は生んでゆく。

「胸の辺」は佳品である。この俳味は、まるで別人のように軽らかである。だが、軽さとは言え、「胸の辺の軽さに」という氏の胸の内側には、ある苦渋が見える。それは、覚悟のみでは埋めきれない、人の歩みの瞬時を翳らせる不安の色なのであると思える。すると氏は、旅に出るらしい。いや、旅の中に氏は、つねに行きつかない人生のあるものを追い求めているらしい。

「菜の花」「月鉾」の両作は、そういう俳句の象徴と言えるであろう。

「菜の花」の作品は、まさしく駘蕩（たいとう）とした作品である。人生がさまざまな波乱を載せた旅であるとすれば、これは、その中の穏やかな序奏曲に似ている。菜の花に埋もれて、目的の火防の社への道里標を確かめている作者は、行旅の艱（かん）難を忘れ、余裕の世界に生きている。ここでは、旅とは目的地に到りつくことではないと、氏は言いたげなのである。

次に、祇園の月鉾のゆるやかな動きは、安直には氏のそばに近づいてはくれぬ。それを希求する念が強ければ強いほど、手近かにつかみ得ないことへのかなしさも滲むし、そういった夏の一日の旅情の翳りを、やや焦慮をこめて描き出していると言えよう。

人間の旅とは、このようなもろもろの思いのひとつひとつの総和であろう。松本旭は、その総和を感覚の赴くがまま、読者に繰り展げてくれるのである。

地名、社寺名などの前書が六十余度に亘って句集を彩ってくる。日本紀行と言っても差し支えないかのごとき豊富さである。

「象潟」の佳吟がある。

藁塚に日のあたたまる蚶満寺　昭47

塔頭（たっちゅう）や縁先に干す小大根　47

秋の海光るを見ては屋根繕（なほ）す　47

これらは、無音の光景に近い。無音とは、対象に音がないというよりは、作者の心に雑念が入り込む余地がないという意味である。作者はひたすら象潟の風光をみつめているのだ。「藁塚」「塔頭の小大根」そして「秋の海」。対象の何れへも旭の眼はくっきりと届き、しかも、人間の営為の時の流れを見据えようとしている。「秋の海」の作の、この海の鈍（にび）色は、中世の秋の色でもあろうか。

作者は常に風光の中に歴史を想うのだ。それはあたかも、歴史がものに語りかけ、ものを突き動かし、その蠢（うご）めくものが、作者の胸中を馳せ廻るかのようである。

「飛鳥」紀行の句がある。

亀石にのぼるや菖蒲太刀さげて　昭48

辛夷散る古代の青き空を曳き　48

掌にあまる飛鳥の土筆もらひけり　48

これらの美しい感情移入は、古代の争乱と文化の香りとを、風光の対象に即して、身中に確（しか）と堰きとめた結果を示していよう。

更に言えば、地名などの固有名詞を、松本旭ほど滑らかに、その作中に鏤（ちりば）めうる作者は少ない。

荒北風の光ると種子ヶ島も見ゆ　昭47　枕崎

鷹一つ入（にっ）唐（とう）道の青き水脈　47　坊ノ津

唐ヵ船を待つ木枯の石仁王　47

これらの連作が、その歴史意識を余す所なく見せているが、「入唐道」の語感などは心憎い措辞という他はない。次の「唐ラ船」と共に、この固有名辞は、歴史の彼方の海を馥郁と、生あるもののように開示してくれるのである。翌年の「島原」行に、

渺々と麦刈つて沖ふくらみぬ

があるが、この「沖」の大きなうねりは、「ふくらむ」の語を用いないで、すでに悠容と詠われていたと言わねばならない。

他にも、さまざまなニュアンスを帯びて地名は立ち現われている。

高館はそこぞと指して胡麻を干す　昭48　平泉　中尊寺
地図に来て能登の螢の影青し　昭49
築地（ひぢ）の下より掃けり御所の秋　49
津の国や枕辺におく秋扇　49
比良八荒松は己れが身を反らす　昭50　唐崎
紀の国やどこ歩きても藤の雨　50

夕焼背にまた歩き出す古志の国　50

すつとびの恋猫衣川暮るる　昭51

嵯峨念仏待つ草餅を食べながら　51

これらの諸句に溢れ流れているものは、何であろうか。恐らくは、日本の風光の中に身を置くことの悦びの、多彩な表現ではなかろうか。

作者は、「あとがき」に言っている。結局作句というものは、「おのが人生を自ら覚り、自ら確認する所業であると思う。」と。

そういう確認の所業こそ、句作の悦びに一途につながっているのである。

句集後半に秀句が並ぶ。

樅の葉を拷いでは雪のにほひ嗅ぐ　昭49

雪来るか伐折羅(ばさら)大将口あけて　昭50

楼上の太鼓うつべし雲の峯　50

吉崎御坊

立冬や上を向きたる火縄銃　50
夫婦鴨さみしくなれば光り合ふ　50
冬の月蘭陵王の顔に射す　50
唐獅子の口に手入れて霞みけり　昭51
嵯峨念仏また日が射して終りけり　51

前句集『猿田彦』の中で、氏は詠った。

逸れ鴨の目つむりしまま流さるる　昭42

そして、氏はいま、「夫婦鴨」の繊細な調べを奏でている。この両句にあるものは、人を含めたいきとしいけるものへの、かなしきまでの愛情である。が、後者の句には、厳として年輪の深まりが見られる。

私は、前句集の解説の中で、「逸れ鴨」の句に触れ、「あるいは人間の流転の相を見たかも知れない」と書いた。しかし今、氏は、その流転の果てにあるものを捉えたのだと思う。「光り合ふ」とは、寂びである。とは言え、侘びに侘びる表現ではない。小堀遠州の「きれい寂び」の世界ではないが、艶のある寂びであり、そこには、一縷の信愛の光りが交感し合っている。

　このような松本旭の信の世界は、大学での講義、古典研究、村上鬼城追究などの激務に重ねて、埼玉大学付属小学校長の併任という公的仕事の上に築かれたものから出て来ているのであると思う。

　小さき者らの無償の愛は、信そのものである。それを知り得たことが、氏の世界にこの作のような光りを与えた一因があると、私は切に思う。

　句集名であり、作品にもある「蘭陵（らりょう）王」とは、雅楽の一演目。古来は中国の古舞曲。故事、北斉の蘭陵王長恭の名にもとづく。長恭は美貌の王。敵のあなどりを避けるため、猛々しい仮面を被り、大いに敵軍を破ったといわれる。

　敵陣ではないが、いま松本旭は幾度びかの真実の旅に向かって、その筆硯を検めているであろう。次のような句が、それをはっきりと証しているのである。

　啓蟄や貰ひし矢立持ちあるく　　昭51

あとがき

『猿田彦』につぐ第二句集である。集中

冬の月蘭陵王の顔に射す

の句があるので、取って句集名とした。

昭和四十六年以前の句で前集に洩れたもの十数句と、昭和四十七年二月から五十一年五月までの作品、計三百六十数句を収めた。

この五年間は、私にとってもいろいろなことがあった。父を亡くし、母を失った。更に句の師角川源義先生を突然失ったのは痛恨の極みだった。なおこの間、大学教授としての学生指導とともに、付属小学校長（併任）をも三年間つとめ、忙しい日々がつづいた。しかし、忙しいなりに充実した日々だった。月日の尊さと人の世のゆたかさとをしみじみと感じ得た。結局、作句というものは、おのが人生を自ら覚り、自ら確認する所業であると思う。芭蕉も〝風雅の魔心〟といったが、私も憑かれた日々をつづけるにちがいない。しかしそれを決して後悔することはあるまい。
「河」も新主宰を得て新しい胎動を示し、伸びゆく意志と活力に満ちている。喜びに堪えない。ここに、私なりの歩みをまとめ、源義先生の霊前に捧げることとした。
終わりに、立派な「解説」を書いてくださった火村卓造氏、及び、出版に尽力をいただいた角川書店の太田朝雄氏に感謝の意を表する次第である。

昭和五十二年十一月三十日

橘山房にて
松本　旭

天鼓（てんこ）

昭和五十六年二月十五日
角川書店
四六判　上製函入　二二四頁
定価　二五〇〇円
収録句数　四〇四句

家紋

昭和五十一年

麦秋や丹波の鬼も働きに
大江山だれも涼しき笠つけて
海沿ひの卯の花の径但馬径
大甕の口梅雨兆す神の国
説法や石の上なる青蜥蜴
父が逝き母逝き青葉木菟の夜
山荘の早き夕飯ほととぎす
螢ぶくろ誕生の日の風やどす
新涼の大貧民となりにしよ

トランプ遊びに「大貧民」あり

手(たな)裏(うら)の天地椎の実一つおく

立て換へのご祝儀包む高き天

鵙が鵙呼べばわが子と離れ住む

栗飯やかの火の山は煙吐く

波白き月照の海雁渡

僧月照

水澄めば水匂ふかな妻が国

冬は直ぐ雄鶏首を突つ立てて

菊明り胡蝶の家紋染めに出す

芙蓉実に子等の生活費をふやす

極月の講義象(きさ)潟(がた)にて終る

真ッ向に冬滝見上げ五十代

陪塚の松伐り倒す十二月

大釜を据ゑて大和の年詰まる　長岳寺

凧落ちてより寒くなる白毫寺

近情を閻魔に申す寒旱

水分（みくまり）の宇多の摂社に柿供ふ

内陣に香を焚きけり萩刈つて

峠神

昭和五十二年

新夫婦二階に上がる去年今年

階上階下二夫婦あり今朝の春

初詣での次男帰りて腹空かす

子が寝ねて二階で咳す寒の入

初旅の旦の餅を焦がしけり

大寺の障子閉めきる牡丹の芽

雲厳寺

大根を干し館代の裔住めり

妻御託並べたてたり寒旱

父の血を濃く継ぐ水に雪霏々と

寒餅を頼んでをれば日暮れけり

ポケットに手袋まろめ厄年過ぐ

絵の異人見てカステラを食ふ冬至

暁天坐禅しづかに雪は降るものか

永平寺　七句

また雪となりをり魚板強く打つ

永平寺寒の朝粥をがみ受く

寒暁の小塩いただき寺朝餉

軒つらら太くて寺の廊を拭く

放参日雪山見つつ陽に当たる　僧は

音たてて降る杉の雪法（のり）の雪

尾長の巣松より下ろし寒三日

雪卍背筋伸ばして寝たりけり

天をこめ地をこめ若草山を焼く

妻の顔まつすぐに見て春立てり

建国の日やひたむきに薬罐鳴る

安倍川（あべかわ）餅の黄ナ粉こぼして冴え返る

生涯の計画芝をどつと焼く

春一番同じ惣菜つづきけり

有名な骨接ぎのあり村霞む

握り飯に味噌つけて食ふ鳥曇

何杯も水を飲み干す春は曙

大東風の釜に対ひてたぢろがず

吉備津の釜

水攻めの布陣畑打つ人に問ふ

高松城址

吉備餅の売切れてをり春嵐

備中路また苗売とすれちがふ

数珠擦つて夜は水取の経習ふ

奈良　四句

春の月練行衆はおこもりに

水取の火打石より火をおこす

春の雪五体投地の声力む

八十八夜蕪まんまるの尻見せて

呼び交す雀さくりと蕗を刈る

御油の月見ばや今日より六月に

庫裡障子しまると蜥蜴動き出す

南風守衛に鍵をあづけ出る

味噌蔵の味噌運び出す青嵐

かつて遊女屋炎天の鶏かけめぐる

二つの時計二度に鳴りけり夏の月

御油の松見上げてをれば草いきれ

東海道五十三次赤坂
二句

でで虫を跨ぐや雨は本降りに

雀の子大師の袖を出で入りす　弘法大師像

山門のどこに坐しても涼しかり

天狗面の鼻先撫でて朝曇　妙義山神社

たしかなるものに目覚めて郭公鳴く

螢ぶくろしばらく次男の声聴かず

信濃坂がち蟻大いなるものを曳き

峡川に来て信ずればみな涼し

根元より松が揺れけり今朝の秋

吊橋を揺らして旧の盆来夕る

爽やかに信濃へ高き峠越す

麓より鯉届きけり竹煮草

青北風や湖を見下ろす峠神

藤蔓を引ッ張り秋の雷兆す

欲しきもの天へ駈けだす初嵐

日々楽し鰯を食べる夜がつづき

峠餅手のひらにおく高き天

湖始まる榠樝(かりん)の下の広さより

夫婦にてよし大粒の榠樝手に

催促神木の根踏ンまへ風の秋

修那羅峠

姨捨(うばすて)山のこぼれ咲くもの菊明り

一茶忌のぽつぽつと民家煙吐く

露燦と木曾の雄鶏駈け出だす
遠きもの光らせ蘆はまた枯るる
寛文の茶釜に秋の風鳴れり　妻籠
茶の花や半蔵の目がきらきらす　馬籠、永昌寺
あす立冬囁くほどの水が揺れ
蓮の実のとべばたしかに父が恩
川原草みな上ミへ伏す桂郎忌
咳ひびく日や秋草の中にゐて
芋茎吊る湯町ここより坂がちに
明日冬至峡の姫鱒ぢぢと焼く
若ければ真ッつぐに視る柚子の天

一谷を越えてより冬蝶となる
阿弥陀仏拝みて柿を喰らひけり
りんりんと高き天あり勅願寺
立冬の烏帽子つけたる研師かな

喜多院「職人尽屛風」

蟷螂の横顔薄き城下町
蔵造りの壁に触れつつ菊匂ふ
笹鳴の離家(はなれ)の畳けさ拭かむ
尻つぱしよりに働きづくめ一茶の忌
短日の机をおろす二階より
寺町やふり返りざま寒さ来て

大阪・和泉行　七句

零余子つと触るるとこぼる比翼塚

一群となつて鴨とぶ仁徳陵
菊の香の寺に知恵餅重ね売る
鶺鳴いて宮司の下駄を借りて出る
ひよどりの鳴けば禰宜より餅もらふ
時雨雲ひとところ赤し土師部落
中汲のすこし酸つぱし教師われ
一鶏鳴葛城山系冬に入る
十二月苦の娑婆にある金ンの雲
大熊手かかげ真ッ暗がり帰る
足袋履くや父であることさみしくて
しやんと胸張れよ大和の鶺鳴けば

奈良　二十二句

影向（ようごう）の松短日の松の影

大和路の明日冬牡丹見にゆかむ

大仏餅食はばや松も冬構

三角に飛火野歩き日短か

御供（ごく）の雉吊られて寒し大宿所

短日の松にりんりん笛奏す

春日若宮御祭、松の下式　二句

地に触れて寒き能衣の紅き紐

能楽師帰つて行けり冬夕焼

鼉（だ）太鼓を打つ狩衣に月散らし

天へ地へ振る鈴の音夜の凍

御旅所の師走篝の薪を足す

冬凛々蘭陵王は跳ぶごとし

蘭陵王月に向つて右手指す

道迷ふまくしたてたる鵙のゐて

白菊の倒れ伏すとも勅願寺

大樽を乾す穭田へ傾けて

出張の本尊菩薩大根干す

冬たんぽぽ水は扇状地を駈けて

冬の鵙寺の寄進田五畝十歩

口あけて寒きもの見る増長天

大嚔大和の鬼の突つ走れ

門松を立て夕方の大声す

菊枕

昭和五十三年

初雀庶民も桐の下駄おろす

わが干支の雪となりたり松の内

門（かど）札（ふだ）の鬼脛痩せて寒の入

黴生えて無頼の餅となりにけり

水餅や亡母へも憎きことをもつ

はたはたと鳴りつつ蘆は枯るるなり

貧乏ゆすりして大寒でありにけり

下駄履いて表にまはる寒の内

水餅を拭き百姓の出自たり

寒頂上はつしと飛車を成りこます

息白き神馬おのれが胸反らす

払はるる鬼ともならず風邪をひく

井戸蓋に木鋏置いて寒明くる

冴え返る大地の黒さ鶏殺す

竹人形すつくと立ちて梅匂ふ

春一番庶民の世辞を貫けり

ピザ食へば春月すぐに雲を出る

白椿風のたよりに眼を病むと

朧月津和野の紙に何書かむ

草餅を喰らひ税務署まで出向く

月の蝕見るべく春の爪を切る

変り目の天気となれり大試験

手のひらをひらいて関の鳥曇　不破ノ関

木いちごの花三成の陣どころ　関ヶ原

仏生会終り幔幕高く乾す

牡丹寺円座しづかにはづしけり

白牡丹まづ己よりほぐれたる

花冷えの天のおもひは右手に承け　百済観音

川いくつ越えて大和の霞みけり

けちばかりつけてゐるなり明日立夏

一ト電車でも早く乗る立夏かな

本探し家ぢゅう歩く杜鵑花(さつき)雨

夏鰈に宗八ッつあんがありしよな

宗八鰈の名あり

ご神体は山黒蜥蜴動かずに

天狗面懸けて松蟬もう鳴かぬ

蝦夷丹生や岬どこにもカムイ棲む

カムイはアイヌ語で神をさす

灼けるだけ灼け納得の川曲る

山車を組む柄杓の水を飲んでより

鰻の肝つぶつぶ嚙んで故旧たり

鰻屋を出でてかんかん日が高し

炊くほどの釜があるなり時鳥

楤の木に棘夏風邪の抜け出さず

床に塩こぼして山の竹煮草
夏薊間に合ふだけの飯を炊く
王将の陣くづれ出す夜の秋
青大将見ての熱き手ひらきたる
米すこし残す山荘朝焼来
城馬場の草刈つて草匂ひけり
聖職と呼ばれどこまで灼くる天
形代の雲湧けば置く水の上
形代の袖より水に浸りける
麦飯をかつこみ居れば天下秋
旧盆の部屋真ン中に寝たりけり

威し銃佐久の郡の曇り出す
松虫草霧の先端地に触れて
桶取りにすし屋が来たり鱗雲
烏瓜日当るところ安房の国
稽田や牛飼びとの家三部屋

伊藤左千夫生家

左千夫生家裏に抜けても高き天
みちのくの湖のへりまで大刈田
粉を噴くもおのれたしかに信濃柿
初時雨どどんどどんどどん雨戸閉む
二重虹船笛鳴らしすれちがふ
北国の湖尻の夜菊膾

初嵐群(ぐん)衆(じゅ)は水脈のごとく引き

川鵜石に降り立ち紅葉の瀬

菊枕彼方に白き雲移る

水をきる刺身包丁冬隣

冬兆すガウンの紐は紺色に

火袋の鹿の横向く初時雨

柿啖らふ菩薩脇侍の気易さに

信濃追分からからと鳴る梧桐の実

落葉道ラグビーボール腋に抱き

大根車曳いて御陵の前通る

雪片の舞へばたちまち蝦夷の国

海荒れに真向ひ雪のセタ・カムイ　セタ・カムイ（犬神）と名づけられし大岩あり

顔よりも大き煎餅寒波来る

奉納扇一つが斜め京の冬

丹後曇外陣の椽に大根干す

大夫首塚師走は雨のざんざ降り　山椒大夫遺蹟

雪もよひ障子細目に安寿の忌

裏返す枕丹後の寒さかな

二度詣二度の知恵つく冬の天　切戸ノ文殊

雪もよひ階下に船をしまひこむ　伊根

極月のその玉手箱軽しとも　宇良神社

蟹売女ただ寒さうに手を合はす　城ノ崎

睥睨の冬の鳶たり大江山

追ノ坂枯れつつ萱は直立す　酒呑童子首塚

大焚火して三更の鐘を撞く

極月のずしんずしんと日ィ傾かしぐ

伎楽面　昭和五十四年

若水をざんざと汲んで夫婦たり

炭籠の堅炭一つ移しけり

松葉混ぢる雪抛りけり自刃の地　会津　二句

刀鍛冶葬り会津の飛雪います

冬雲雀講義ノートの厚さ増す

節分の豆も撒かずに風邪ひけり

立春大吉身近かな物の位置変ふる

涅槃会の大縁側を端より拭く

靴で地に大きな円を描き料峭

余寒なほ北国びとに書をいたす

誰彼のことを評して黄砂降る

小言いはぬ父親となり花万朶

辛夷翔(と)ぶごとく咲いても六十来

社日来て一茶の子孫鎌を売る

浅き春孔雀高きに止まりつつ

あたたかな坂下江戸の地図を購ふ

鬼城の書掛けて今朝より花の雨

綿菓子の器械が停まる夕ざくら

花見蓆載せて自転車動き出す

行く春のこ、つ、と落雁食うべけり

村上玉枝さんを訪ふ

榠樝の花散つても紅し鬼城の居

天狗面ひとつ横向き霞みだつ

横紙破りまた始まれり大霞

八十八夜大ぶりの雲走り出す

牡丹大輪神を見る如近づけり

畏みて牡丹に手をさし伸ぶる

喜多実の能見たくなる花楓

伎楽面見て来て春の蟻と遇ふ

フラミンゴ二タ手に分かれ春惜しむ

行川　二句

冠（かむり）鳩かんむり揺らし今朝五月

若布ご飯の薄き塩味安房の国

初燕天水桶に水溢れ

海荒れの壺焼さざえ角（つの）焦がす

海のごと下界がありて山女魚棲む

女人堂麓において柿の花

神いますごと筒鳥の鳴き出だす

大師の書しばらく習（か）かず麦の秋

手に載せし印度更紗は南風の色

夏帽子おくやおのれが境界に

真鯉緋鯉逃げて涼しき曾良の寺

郭公の飛びながら鳴く強ヮ清水

六月の水を奔らせ流人墓

竹の葉の散りつぐ河内扇状地　弘川寺

万緑の水の音にて立ち停まる

山帰来青き実こぼす西行堂

蕎麦食つてよりナイターに出かけたり

蒲の穂やもつとも天に近き意志

一雷の鳴つて休暇に入りにけり

朝曇街に一基の山車のこる

蒲の穂の目ざす天あり城下町

吉野郡天川村　九句
洞川

行者笠置かれて涼し石の上

陀羅尼助買ふ麓町驟雨来る

山蜩先達がまづ水に入る

炎天へ出る法螺貝を吹いてより

天よりは鼓も降らむ杜涼し

天河大弁財天社

天ンの川なればたしかに鮎棲まず

持つよりは軽き能面青嵐

尉の面つけて七月天下なり

能面（めん）とつて人間世界暑きかな

南朝の天子おはさば石も灼けむ

行在所跡

大宇陀町

すでに下界大切り西瓜かぶりつく
涼しさや白さ重なる吉野葛
浴衣着て時計の音のかちかちす
帽振つて高原の虻突き当る
ささくれの指を突つ立て稲光
土用入塩の噴きたる鮭の鰓
わが鼻を撫づれば夜の水鶏鳴く
鯉の肝飲んで真夏日風呂に入る
山荘に煮豆の熱き朝曇
白萩の揺れだすまではおのが息
書を習ふ山中の霧濃くなれば

故郷へ道弧をゐがく盆の口
裏門をあけつぱなしに残暑なほ
子規忌過ぎとつぷり山の湯に浸る
白芙蓉金魚の水を増やさねば
月今宵黒き粉にて饂飩打つ
檀の実いくつ関所の廐跡
よく墨のおりる午後なり去来の忌
輪島塗乾拭きしたる秋の風
水飲んで菩薩と会へり菊日和
冬瓜の肩を下げたるまま坐る
冬瓜の頑なにして居据われり

冬瓜の動くと影も移りけり

冬瓜の肩がこすれて青さ増す

冬瓜の青くて明日も晴るるらし

ササン朝の硝子の小碗秋麗

かりがねの二タ川越えて桑名領

水屋には水屋の匂ひ高き天

晴れあがる桑名の街に柿貰ふ

小鳥湧く眩しき方も伊勢の国

浅沓の置かれて桜もみぢ散る　外宮

忌火屋の裏に薪積む暮の秋　内宮

鶫の声降れば神宮暦を買ふ

赤福の甘さや伊勢の菊日和

海見ゆるほど障子あく十三夜

鞄のもの部屋に散らばし十三夜

フランスパンの長きを抱へ冬来る

フランスパンすこし反り身に初時雨

極月の街なり伊達の薄着して

城郭に入る大冬日引きつれて

熊本・天草行　十七句

城中の空ラ井戸のぞき寒さ来る

宇土櫓極月の鑰（かぎ）鳴らしけり

楓落葉の紅き一枚ガラシャ墓

渺々と天草の海柿吊す

本渡市切支丹殉教館

遠きもの指すや四郎も大冬日

殉教の地や漂ふものの朱欒（ザボン）

冬薔薇の棘指す天の神の意志

崎津　三句

朱欒掌に信ずる心育てをり

極月の畳に坐りてもひとり

アンジェラスの鐘待つ冬の雀らと

大江天主堂　三句

石蕗の花イエズス三度倒れしと

修道女出でてま白き菊を剪る

白息やイエズス讃ふこと辞せず

殉教の島冬栄螺ゐぐり出す

石蕗の花海の青さを肯ンぜず

殉教の島一日の冬日焼

お歳暮の朝鮮飴を配(わ)けにけり

柚子一つ買ひ足すことも年の内

数へ日の新しき筆揃へけり

蕎麦の汁(つゆ)振つてみるなり大晦日

出世絵馬

昭和五十五年

立上り三日の薔薇を嗅ぎにけり

裏庭に大穴掘つて五日来る

すぐそばに階段があり寒の入

写真撮らるることも一事や冬旱

一月の些事多ければ足踏みす

また雪の降る天平の石臼に
太宰府観世音寺

雪卍忘れたること思ひ出す

切山椒まづ一切れをいただきぬ

立春の鎌裏返しして置けり

てらてらと妻の鼻たり春は早や

建国の日や長男も父となる

天井に節穴がある二月尽

フランスパン並べて二つ牡丹雪

牡丹雪折鶴の尾の光り出す

松の幹片側濡れて春曙

夫婦雛見ての京筆買ひにけり
川風の二ン月出世絵馬を買ふ
彼岸会の松のてつぺん風鳴れり
竜天に登り学年暦終る
さくら咲き男が腹を空かしけり
戸袋に外の灯が来る春の宵
明王の青き意志たり牡丹の芽
京都 六句
春寒の僧と名刺をとり交す
明り障子一重に春の泉鳴る
勤行を終へて辛夷の下通る
上ワ向けて鮨つまむなり春の坊

あたたかき六道の辻飴を売る　珍皇寺

胸鰭をつけて青年春の街

車より大甕下ろす夏始

坑口やその身斜めに著莪の花　大森銀山

浄衣着て人麿と会ふ花曇　益田市戸田の柿本神社に神像を拝す

軒先に山吹禰宜の家を継ぐ

足裏に力の溜まる人麿忌

濃山吹巫女は代々村処女

鴨山の磐根し求（と）めて花ふぶく

夫婦滝分れてすぐにまた会へり

白牡丹この日首相に挨拶す

うんうんと雲が乗り出し麦を刈る
早飯二杯食って祭に出かけたり
陸前の風ははたはたと朝焼来
ご利益は神の手に竹皮をぬぐ
虚空蔵の知恵授からむ桜実に
菖蒲湯の顔ごしごしと洗ひけり
菖蒲湯の菖蒲揺れたるまま蓋す

あとがき

『蘭陵王』に次ぐ第三句集である。集中

天より は 鼓 も 降 ら む 杜 涼 し

の句があるので、取って句集名とした。

昭和五十一年夏から五十五年夏までの作品、計四百四句を収めた。『猿田彦』『蘭陵王』と合わせて、「面」三部作のつもりである。

昨年七月、奈良県吉野郡天川（てんかわ）村を訪れた。洞川（どろかわ）は大峯登山口で、白衣の行者達で賑っていた。早暁から法螺貝を吹いては出発する。翌日坪ノ内の天河大弁財天社に詣でる。その折り、能楽「天鼓」が奉納され演じられたことを知った。この清浄感の漂う高地（海抜約千メートル）では、天の鼓も降ろうものをと思った。ここに、世阿弥の一子元雅の納めた阿古父尉（あこぶじょう）の能面をはじめ二十数面が保存されている。面を持てばつけたくなる。思いのほかに軽い。顔につけると、蜩の声が澄んで聞こえ、暑さが退いた感じになるから妙だ。尉の面をつければ老人に、小面（こおもて）をつければ若い女になったおもい。身も心も変身するのである。

能「天鼓」は、漢時代の話で、天から鼓が降って来たということから始まるのだが、後ジテ「天鼓」の亡霊は、「童子」または「慈童」の面をつけ、黒頭、黒地金緞の鉢巻をし、紅入縫箔の衣服をつけて舞う。夜も明け白む頃、夢か幻かのおもいの中に消えていく。この現実世界から神韻漂渺たる夢幻の世界へ入っていくところに能のおもしろさがあると言えよう。

俳句もまた、ある意味でのおのが変身の姿であり、自分の生きざまの客観化である。しかも実と同時に虚もある。その虚実皮膜の間に、作者の運命が示される。運命が描かれるから読者は共鳴する、感動する。と同時に、人生の常無きさまの本質が示された時、胸にひびく。（「無常」といっても、宗教的な抹香臭いものではない。）この世に不変なものは無い。しかも常が無いからよいのである。この転変する世界に、おのが全身的生きざまをぶっつける。詠出する。時として、そこには無常の悲しさと厳しさとが滲み出よう。今を生きる喜びの高揚も示されよう。その意味で、日々のいのちと俳句的いとなみとを、私は限りなくいとおしみ、大切なものと思っている。句を詠み上げては、〝風雅の魔心〟に徹するのである。
昨年四月より、大学付属図書館長をも兼ね、忙しさも増した。しかし句も怠らず詠むこともできた。周囲の方々の励まし・協力と、天地自然の恩寵ということをつくづく思う。
本年二月、『村上鬼城研究』により、第一回俳人協会評論賞をいただいた。更に十月、「河」の最高賞ともいうべき「秋燕賞」を受けた。ありがたいことだと思う。
「河」も、源義先生の志を継いで、照子主宰、春樹副主宰を中心にして、逞しい前進を続けている。心強いきわみである。
本句集の題字、装幀を、大学の同僚で、その道の一人者、小名木康祐、藤川喜也両氏にお願いした。
終りに、出版に尽力をいただいた太田朝男、斉藤勝久、室岡秀雄の諸氏に深く感謝の意を表する次第である。

昭和五十五年十一月三日

橘山房にて

松本　旭

長江（ちょうこう）

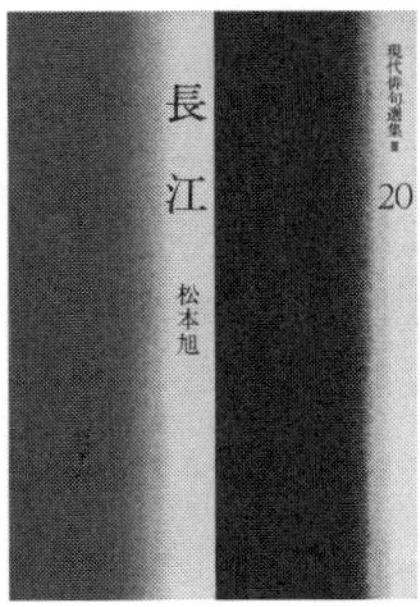

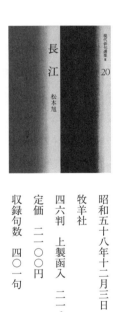

昭和五十八年十二月三日
牧羊社
四六判　上製函入　二一八頁
定価　二一〇〇円
収録句数　四〇一句

狼煙揚げよ

昭和五十五年

白牡丹神の霊験納得す

青嶺口なれば狐の神祀る

仏法僧鳴けと山雲また動く

一瀑のその高さもて雲に入る

雨止むか巌頭の百合いま撓ふ

立石寺　二句

天に近き塔頭（たっちゅう）菖蒲葺きにけり

大いなる馬の一物（いちもつ）梅雨晴間

草清水思惟の御手の弥勒仏

信濃追分　二句

里宮の草刈つて草匂ひ出す

天の鼓打てば涼しきシテが舞　能〝天鼓〟

壹岐牛の海へ鳴くなり黍嵐　壹岐・対馬行　七句

竜吐水水吐き出さぬ暑さかな　壹岐郷土資料館

塞(さえ)の神何とまどうて夏の雨　郷ノ浦

島驟雨曽良といつしよに濡れにしよ　壹岐北端、勝本城跡に曽良の墓あり

飛魚とぶ対馬の陸(くが)は目前に

潮騒の産小屋閉まる晩夏光

狼煙(のろし)揚げよ対馬の夏の深ければ　城山口

捕虫網立てて父より子に授与す

甚平を著けどこそこのこそばゆし

青瓢鬼の居ぬ間の静けさよ

風小僧翔ぶ岩畳今朝の秋

秩父坂路晴れきるまでの栗の揺(ゆれ)

隈(くま)ごとの露のたばしり札所道

大鍋小鍋尻見せて置く厄日前

眼帯をつけて九月の降り出すか

高き天植木屋梯子置いて去る

弾痕は目の高さなり秋風裡

佐賀　鯱の門

風旋り流れて曼珠沙華の天

仏像の片耳ぬくし秋旱

高源寺

離れ家へ本を探しに雁渡

松手入相(あい)対(たい)死(じに)の墓が見え

厩より矮鶏（ちゃぼ）の逃げ出す菊日和
耳痛き話秋川なぜ曲がる
秋薔薇の棘の尖端魚跳ねる

広島　爆心地

書院障子開け菊明りまづ入る
萩に触れつつ阿仏尼の墓探がす
日が沈みだすから鳰のまたもぐる
白き葱にほへばをとこをみなかな
ストーヴの音刻々の人の世か
桐の実からから今日の予定は今日済ます
富士冠雪厩を残す宿場口
着ぶくれのおのれ慍（いか）つてゐるごとし

翌日も鱒ずしが出る霜の晴

弾かるる如風花の島を去る　宮島

年詰まる頓宮（かりみや）の松のつと伸び　福岡筥崎宮　二句

冬の海嗅がむと鳥居まで歩む

船住居したる夫婦に日の短か

曲がることさびしみ肥後の川涸るる　人吉

のぞきこむ焼酎の甕冬暮光　〝峰の露〟焼酎製造工場　二句

麴の香手のひらにおく大師走

神将の弓弦冴ゆる音立てよ

討死のごと枯蓮の水漬きたる

出世餅

昭和五十六年

鱁鮧（うるか）噛んで味はふことも松の内

買初の戻つて白湯（さゆ）をのみゐたる

妻とふたりの七草粥は大椀に

晴れ上がること全身に寒の意地

お櫃横に倒して干せり寒雀

義経公寒の没（い）り日の中をとぶ

福岡櫛田神社に、飾り山笠「義経八艘飛び」あり

雪中の鵯の声する水城（みずき）跡

都府楼址寒ければただ足踏みす

碾磑（てんがい）に触るると雪の降り出すも

観世音寺、天平の碾磑（石臼）あり

経巻を開きたるまま雪舞へり

戒壇院

大和島根身を削ぐことも冬の河

ケーキ甘し三寒の街通り抜け

梅が香の出世餅とて背負ひ立つ

真弓一歳の誕生日、一升餅を背負はす習ひあり。

飼馬桶のぞけば城下冴え返る

広島城

結納の使に早き梅咲けり

人吉　五句

紅梅へ家鴨駈け出す城下町

トラックで船運びゐてあたたかし

二月早や瀬の音近き側に寝る

ホテル「鍋屋」

春雷や夜のくだちの城下町

ただ風の深谷の天蝦蟇（がま）交（つる）む

五家ノ荘　二句

ランプのホヤ峡を映して雲雀飼ふ

鬼の出る夜は赤み増す二月尽

青鬼とその子蘖（ひこばえ）揺すりたる

桜蕊降りつぐ鬼の子に見られ

畦焼きし土のぷかぷか国庁址　高知

知恵の絵馬掛け紅梅の揺れどほす　竹林寺

遍路笠かぶりなほして大股に　足摺岬、金剛福寺

ビードロをポコポコ鳴らす春の朝

地に届くまで汝（な）が世界糸ざくら

夕ぐれの琴運び出す花の寺

添水（そうず）鳴るまでの花冷え去来の居

菊根分して一列に土の上

花筏とどまる限り深き峡

風の又三郎かこでまりは揺れ

蟻のぼる防塁の石みな尖る

今津浜、元寇防塁跡

防人(さきもり)の面影石塁(いし)に松の芯

歌ひをる限り春月まんまるに

鳥帰る日や突堤の巾広き

竹植ゑてすぐに五月の風音す

滝の裏軍荼利明王祀りけり

常陸野の卯の花しぐれ始まるか

雪渓に霧の尖端とどきたる

雪渓の滴青き笹に入る

鐘楼に上る紫陽花紅ければ

地平線泡立つごとし麦の秋

落葉松の幹ざらざらと梅雨明くる

高原の夕立あがり立膝す

甚平の肩突ッ張つて歩き出す

濃夕焼その一島は酒買ひに

佐世保、九十九島もと
百島なりしが、一島は
酒買ひに出て帰りそび
れしと。

蜂とんで軍港の端光り出す

坂道のどれも港へ伸び晩夏

炎天の坂讃美歌の堂に入る

平戸 二句

浮輪手に少女オランダ井戸教ふ

厚き辞書まづ山荘に持ちこめり

薄は穂に水源の水掬ひ飲む

山路の影に影おく登山口

新涼の潮の退き出す能舞台　　厳島　二句

鳥居までの干潟牡鹿の走り出す

渋搗くや背山に風のくぐもれば

太刀魚の汝（なれ）が憂ひも海の彩（いろ）

鍋島の茶粥さらさら厄日前

むくろじの青き実こぼす海（わた）の神　　志賀島　四句

奴（な）の国や秋の茄子の先曲がり　　このあたり、かつての「奴の国」

葛の花垂れて短かし蒙古塚

秋虹の一脚消ゆる湾の上

朝霧の濃くなる御所の男松

秋鮠（はや）の速き走りも御溝水（みかわみず）

新涼や御所の御庫の鑰（かぎ）締まる

離れ家の次男夫婦も星月夜

端麗な瓢を下げて日本たり

ゑのころ草鼻くすぐつて歩きけり

川に川流れこむなり稗の花

稗畑のあまりに暑き日なりけり

紅酸漿舌に触れつつ嬉しき日

印半纏まろめて置けり秋草に

屋敷神九月晦日の燭点し
みどり児の二階に眠る十三夜
いてふ実に写経供養会始まるか
曼珠沙華の列を離れて目まひせり
生マ栗をひろげ数ふる磐の上
霧湧けり二階に眠りたる朝は
離れ立つ藁塚ひとつ吾も立つ
藁塚のうしろ通つてきな臭し
藁塚の心棒妻子健やかに
藁塚へ百歩の距離を走り出す
藁塚をぐるぐるめぐる腹空かし

藁塚の水に映ると背伸びす

藁塚へ平身低頭大鴉

船橋の木橋に変はる鵙の晴

冠の纓（えい）が揺れけり鱗雲

源義句碑建立式典

行く秋の鹿島暦を購ひにけり

ガタコンと市電が過ぐる神無月

熊の胆（い）を嘗（な）め越中の寒きかな

冬初め湯気の上りしワッパ飯

立冬や白く大きな飾り皿

一島の陸（くが）に繋がる冬旱

鰯食ふほつほつ城下灯をともし

皿おけばま冬群青世界かな

石蕗は黄に幕末よりの素麺（そうめん）屋
甘木市、三隅製麺所

旛（はた）の如し冬素麺を干す三日

冬紺青父の後継ぐ草木染

大桶の息づく葛に北吹くよ
「広久葛」工場

鶫のいつまで鳴くぞ長屋門
秋月城址

冬天へ抱（かかえ）大（おお）砲（づつ）誰が撃つ
林流抱え大砲

琴柱（ことじ）ただ足踏ンばつて澄む寒さ
正倉院御物展　二句

鹿革の鞆（とも）のふくらみ天から冬

笹鳴に会津の味噌の届きたる

冬の虹あらましごとのかにかくに

風つよく出たり和泉の大刈田

ひよどりの過ぐると寒し利休墓　堺、南宗寺

柚子二つ湯槽の端に片寄るも

開運の庖丁購（もと）め大年来

父情とは　昭和五十七年

破魔矢の鈴鳴らして沼の縁通る

ヘリコプター飛ぶ初凪を吊るごとく

鍋蓋の縁（へり）より煮立つ寒の入

寝ることも男の知恵ぞ寒ざくら

七草粥煮えたち皆へ鈴鳴らす

花のごと大寒の塩こぼしけり

風花はどこから校歌作らねば

生涯や冬の真竹の根のしかと

スーパーより買ひたる柊を挿す

こげ臭き豆を撒くなり子へも撒く

鬼城日記写せば夜の冴え返る

まづ笛を吹くべく雛坐りたる

女の業(ごう)そのまま風邪を引きなほす

生々流転松の花粉は胸に受く

天下取りの城三月の夕あらし

岐阜

木曽川の砂洲の尖端鳥曇

水滾々(こんこん)木瓜の紅さは神ながら

山ざくら味噌の焦げたる五平餅

お六櫛見て出る深き陽炎へ

風強しされればわれらに四月朔

東山星の生(あ)れつつ菜飯食ふ

二つの塔引き合ふ距離や朝ざくら

枝垂桜額に触れて意志決まる

紙風船もてばつくなり塔の前

父情とは大きく撓ふ花の枝

串焦げし木ノ芽田楽食ふことも

子供等のきらきら駈ける仏生会

悪口鴉後方（しりえ）に今日の畑を打つ
荷風忌の言問橋を渡りけり
隠（こも）り口（く）の泊瀬（はつせ）坂みち竹の秋
白牡丹その日の風も天（あま）翔けて
戸の固く締まるさへづり聴かぬ日も
北山十八間戸　二句
桜青葉天より雨の降る音ぞ
山門の前の豆腐屋著莪の花
業平忌近づく雨の花八重に
不退寺
石楠花の橋を渡れば室生口
蔀（しとみ）挙げよ如意輪（によいりん）春の風聴かむ
室生寺
掘りたての筍を置く堂の縁
聖林寺

さくら蕊（しべ）降れば人の世ま青にて

百姓の意地青萱を昂ぶらす

寺町や蟻は四方へ散らばりて

磯馴（そなれ）松十（とお）ほど透けて五月来る

大陸の五月は青きまま日暮

俳文学会訪中団の一員として　一五句

卯月いま野菜売出る故宮裏

庶民われら天安門に涼みけり

甬（よう）道を大股に下り薊濃き

万里の長城（八達嶺）二句

城門を出てただ松の花仰ぐ

薫風の木俑（よう）赤き衣を着る

明十三陵

石の肌朱夏の匂す玄室は

夏帽を置く大仏の膝元に　杭州雪隠寺

枇杷の種子水におとして旅愁わく

大陸(くが)夕焼家鴨流れのまま泳ぐ

麦秋や越(えつ)の農夫の面がまへ

麦秋の牛に跨る越の子は

帆のはらむ白さ立夏の舟傾ぐ　黄浦江

長江や五月の戎克(ジャンク)帆を下ろす

上海の洗濯童子夏を見よ

竹の葉の横にとぶなり勅願寺

麦の秋喞筒(ポンプ)は水を吐きどほす

平家琵琶聴くべし皐月天の青

琵琶の撥（ばち）畳におかれ南吹く

菓子を焼く匂祭の日となれる

提灯に触れて門出る祭の夜は

火男（ひょっとこ）が祭提灯見上げたる

クーラー鳴る張子の牛（ベコ）が首振れば

ドラム罐の火がぼうぼうと土用入

老少不定夏の雲雀の鳴き止まず

七夕の二組夫婦外食す

熊蟬の羽透く朝神の前

大阪　六句

家隆墓浪速夕焼始まれり

藤原家隆墓

愛染坂日暮れは石榴撓ひつつ

ただ炎天藁打ち石の影短か

藁打たむ涼しさの降る石の上

正円寺。兼好法師が隠棲し、藁を打った石という。二句

川より風簾の中の尼ふたり

江口の君堂

縁台に夜干三日の梅匂ふ

狩衣の涼しき禰宜とすれ違ふ

菅笠を裏返し置く今朝の秋

ショベルカーのショベル大地に残暑なほ

尾を引きて七夕飾地を離る

踊笠ぬぎ回廊の縁(へり)に立つ

北国や壁にかけたる踊り笠

越はいま芭蕉破れたる音たてよ

緋鯉泳ぐゆらめくものに押されつつ

新涼の掌に丸薬は二つ置く

朴葉味噌焦げたる匂鱗雲

秋の風唐丸籠は据ゑたるまま

高山陣屋

新涼の足拍子打つ神楽殿

秩父三峰　五句

日雀（ひがら）また鳴けり武（たける）の指先に

日本武尊銅像

日雀ふと見えず武の右手大

索道（ケーブル）の下草刈るや秋の口

荒壁に影ひやひやと山の坊

燈籠の流離のはじめ岸離る

草むらに触れ流燈の向き変ふる

流燈の二つ並んでまた離(さか)る

ひとまはりして流燈の速さ増す

葛の花葛の匂の孝雄墓　山田孝雄博士墓

萩の花活けて大和の和紙の店

月今宵敷石確かめつつ歩む

月今宵一歩動くと松の影

しだれ萩水桶運ぶたびこぼる

韮の花人の忠言しかと聴く

献血車並んで二台鱗雲

洋梨のでこぼこ頭たのしけれ

早咲きの山茶花紅し母校いま　川越高校

石の性（さが）活かして秋の石を断（き）る　大塚石材店

青松葉焚けばぷつぷつ日暮前

登高す弧を画くもの海の紺

鱗雲日本武尊（やまとたける）は衣被（かず）く　川越祭、山車上に女装小雄命像

鼈甲飴舐めつつ山車とすれ違ふ

狩衣に烏帽子添へおく菊の前　氷川神社

舞殿に鼓が二つ夕月夜

熟柿踏み精悍の気のくづほるる

青北風や獅子の鬣（たてがみ）ひるがへし　諏訪神社、無形文化財獅子舞

秋の夜のまづ雌獅子より舞ひ始む

月の夜の雄獅子は雌獅子誘ひ出す

荒獅子の太息づかひ星流る

豊年や雄獅子もつとも背が高し

秋の闇しつかと見据う雄獅子また

刃物売る店開かれて十三夜

縁側に新米こぼす十粒ほど

数珠をもつ兜巾（ときん）山伏柿食ふも

大蔵弥太郎氏の狂言の
会　二句

太郎冠者声のびんびん暮の秋

外人墓地柵の銹噴く暮の秋

神域や冬の雀ら天を打ち

雪吊の天の光となりにしよ

高音鵙院家の母は小粒にて

義母入院。妻・翠ぬか
ご飯を届ける

ぬかご飯入院の母風邪ひくな

ぬかご飯ほくほく妻の在らぬ日は

箱飯のぬかごこぼれて日の暮るる

富士冠雪人の新聞借りて見る

明日冬至甘露煮の鮒頭(ず)まで食ふ

畳屋の山茶花散らし通りけり

イヴの夜の妻と踊れば畳匂ふ

大薬罐湯気噴きあげていま聖夜

包丁の切れ味クリスマス過ぎて

峡の樅

昭和五十八年

風強くなる元日の川巾を

萩刈りし切口青むまま三日

妻にも土地譲つて五日静かな宵

雪沓を踏みこんでまた山傾ぐ

母逝きて榛の冬木は棒立ちに　義母みよじ逝く

寒餅を頼んで庭を掃きにけり

喪ごもりの節分の風呂湧かし過ぐ

蔵造りの障子を開く牡丹雪　川越

建国日鉄柱は地に突きささる

法師温泉　一〇句

雪山に向ひ男の息を吐く
軒氷柱生計(たっき)の水を汲みに出る
煙出しの口冥きかな雪嶺背に
春雪に枝撓ふなり樅の木は
渓音の方へ樏(かんじき)踏み出だす
雪こぼすとき峡の樅幹さらす
夜に入ると風鳴りどほす雪解宿
軒氷柱地にとどくまで意地通す
羚羊(かもしか)が見る林中の春雪を
鯉を飼ふ水通すなり春の暁
真弓(まゆ)抱けば真弓の匂す牡丹雪

二月十一日は「真弓」の誕生日

蔵元の酒を積み出す牡丹雪

料峭や駄菓子の角のやはらかき

大和の夜近づくを待つ炭熾(おこ)し

二月堂修二会　一三句

対き合へる僧の紙子に触れてみし

肩に触るるまでの火の粉もお松明

過去帳を誦(よ)む寒き闇四隅より

春寒き内陣の闇動くもの

春の夜の油注(さ)し足す堂童子

松明の火屑掃き出し冴え返る

兜率天の一昼夜は人間界の四百年に当たると。されば走りの行法をなす　二句

天の時間(とき)へ走れ修二会の汝が行は

爪先立ちに走りをさめていざや春

修二会いま香水はわが双(もろ)の掌に

手裏(たなうら)に香水甘し春の夜は

香水を銜(くく)めば修二会更けにけり

後夜(ごや)の悔過(けか)じんじんじん寒き太柱

青春の横笛吹けば丘萠ゆる　神戸大学

春の鳥鳴かし厩に日の当たる　ハッサム邸

靴の砂こぼして須磨は春没日　須磨

敦盛塚樟の実いくつ踏みつぶす

海峡音古墳裾より芝を焼く　五色塚古墳

残り鴨ゐて燈台の点り出す

春寒料峭明石の門(と)波荒れ止まず

さへづりへ鎧戸ひらく坂の上

城太鼓打つ料峭のさびしさに

春暑し潮の香にある廓跡

篁のすぐま下まで畑を焼く　姫路

さへづりへ蔀上げたり食(じき)堂は　書写山円教寺

歌塚やそのまうしろも竹の秋　和泉式部歌塚

朧月大路は御所に突き当たる

白れん満開けさ背高の埴輪馬

花曇埴輪の馬のいま嘶(な)くか

貝柱押し寄せて来る万愚節

鬼城の地ぺんぺん草は風に沿ひ

顔出せば濁世（じょくせ）筍さむからむ

俗の世へ筍顔を出して空（くう）

筍の五寸の高さ犬が嗅ぐ

丈つんと伸びて筍兄貴ぶる

筍や径は都へ通じるさ

筍を見て来て縁をつよく拭く

牡丹盛り尼門跡を訪ねむか

街道は奈良へ篁落葉いま

風眩し明り障子の菊の紋　　円照寺（山村御殿）

瓔珞（ようらく）の膝まで伸びてうららかに　　本尊は如意輪観音

み障子をしづかに開くさへづりへ

二十五の庭石(いし)を配して八重ざくら
庭中の石は菩薩を示すと

春行くと御所人形の額(ひたい)照

揺れ初めるまで藤房の匂ひけり

水神は女神とあれば薔薇真紅

聖書ひらけ薄暑の街の冥ければ

葭切や半ドンの日の近道す

白藤の下より愛宕山を見る

文塚のはらりと竹は皮をぬぐ
随心院、小野小町の文塚あり

鉈彫りの不動(ふどう)様の拳夏は早や

義士の墓中洲葭切鳴きつづく
油島千本松原

潮上り来る葭切の鳴き出せば

菜殻火の炎(ほ)の横向きに天領地
栗の花わつさと揺れし不破郡
伊吹山雲がくれむと花茨(うばら)
茅花みな上(かみ)へ吹かるる姉川は
近江路の北へ貫き日焼せり
海からの風強まりぬ青榠樝(かりん)

種ヶ浜、本隆寺

風つのるまで卯の花は海へ向く
海へ向く人のことばの涼しさよ
いたづらの鴉め鳴くと梅雨の入
青梅を漬け禅寺のまま昼刻

平林寺

草刈つてより作務(さむ)僧の引返す

山繭の青き掌におく郭跡

明るさへ花合歓散らずには居れず

花合歓の散るまで佇てり本丸址

紫陽花に吹かれて聖歌みなうたふ

祭ひよつとこおどけたるまま幕に入る

片陰に入る神札を配りつつ

紫陽花や長屋住居の摂社神

貫前神社

唐黍畑雀が抜けて佐久平

風音の出て山薊濃くなりぬ

水源探るべく青萱を分く

磐石を踏ンまへ泉とび越せり

おほばこの青き密生ここは祕湯（ひとう）

水鶏鳴く山の暗さに馴るる夜は

先頭を代つて露をうち払ふ

風鐸鳴る関八州の涼しさに

川越喜多院

汝が時計見る白萩の揺るる中

あとがき

『天鼓』につぐ第四句集である。集中、

長江や五月の戎克帆を下ろす

の句があるので取って句集名とした。

昭和五十五年夏から五十八年初秋までの作品、計四百一句を収めた。

昨年五月、俳文学会訪中団の一員として、中国を訪問。北京、八達嶺、杭州、上海とまわる。僅か八日間の旅だったが楽しかった。中でも、黄浦江を下り、揚子江へ出た時の感動は深かった。まさに息を呑むほど大きい。対岸が見えず満々たる褐色の水。ふと対岸とおぼしきものを見つけ喜ぶと、通訳が「あれは島です」と言う。この河の大いさは、永遠の時間も、権力争奪の歴史も、人間のいとなみのすべても呑みこんで、ただ流れていく。「これではかなわない」と、今更に中国の本体をのぞきこむ思いだった。

この頃、〝ものの存在すること〟の尊さというものをしみじみと思う。人間存在はもちろんのこと、天地間の動植物も無機物も、そこに生育し、存在するだけですでに貴重だ。しかも、人間存在としての密度の濃い日々を過ごさねばと思う。俳句を詠むということが、それを確かなものにしてくれる。現在（いま）を生きるという〝歴史的生命の自覚〟をもつことによって、句は時間・空間の中に、しっかと自分を位置づけてくれるはずだ。

私は、武蔵の国は荒川から千メートルほどのところに生まれ育った。川べりに行くと榛（はり）の木が何本も立つ。ぼっと噴きだす芽吹の美しさは、泣きたくなるほどだ。木の葉が落ちつくしたあとの黒ずんだ木肌、網状に突き出た枝々の筋も美しい。しかもそこを吹く風音が、季節によって違うのだ。風音の中に、榛の木のいのちを思う。私たちの奏でるいのちの風音を、句に詠みあげていきたいものである。

「河」は照子主宰、春樹副主宰のもとに発展をつづけ、主宰誌「橘」も着実な歩みを進めているのは心強い限りである。

終わりに、出版に尽力をいただいた川島壽美子、山岡喜美子、渡辺典子の諸氏に、深く感謝の意を表する次第である。

昭和五十八年八月二十五日

橘山房にて　松本　旭

卑弥呼（ひみこ）

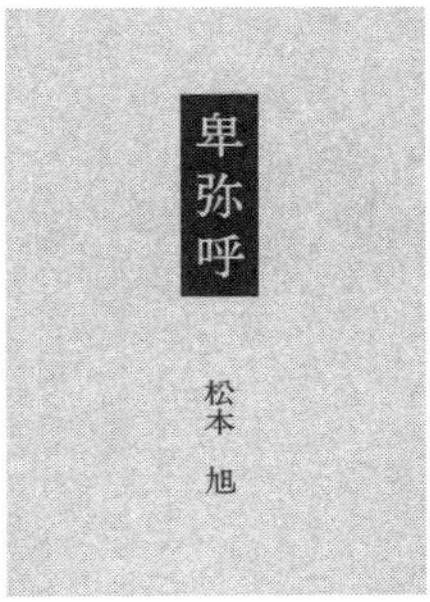

昭和六十三年十月十五日
本阿弥書店
四六判　上製函入　二三〇頁
定価　二五〇〇円
収録句数　四一八句

大和の鵯

昭和五十八年

水滾々さても野菊の揺れどほし
絹市の立ちしところか柚子は黄に
鵯高音いま対ひ嶺は目の高さ
秋桑の灼くれば神と和解せよ
井戸水の揚がる音して十三夜
放屁虫掃き出しわが家晴れ上がる
土手の高さ風の高さの曼珠沙華
土間に冬瓜二つ並べて寧けしや
ある日秋の素焼の壺を毀ちたる

縁側にきちきちばつた腹空かす

しあはせを生む如(ごと)瓢振つてみし

遠くなる風音ばかり柚子を手に

突ッ立つて心棒の意地藁塚(にお)の意地

指さすは水煙大和の鵯の晴

男の子生(あ)る水澄んでよき肥後の国
大君誕生

出雲系住みつきし村木の実降る

二タ国を分け晴れあがる冬ざくら

ワインあけ牡蠣の剝身のつるりとす

光(かげ)とぶや牡鹿ま冬の首かしげ

冬旱口中赤き金剛神
三月堂執金剛神像
二句

破砕するもの極月の金剛杵（こんごうしょ）

釣燈籠紙を貼り替へ年詰まる

二月堂

また鐘が鳴る極月の大和の夜

伶人の馬上に寒き鼓打つ

春日神社若宮御祭
三句

陵王の指すとき冬の星流れ

蘭陵王終つて寒き闇に入る

雪の夜の神還りゆく笛鳴らし

御神体、御旅所より還
幸

築地（ついひじ）に立てかけておく萩刈つて

凩の白毫寺道畷（なわて）道

雪落つる音三更の書を伏せて

冬夕焼テレフォンカード手の中に

水色に風のしづまり大晦日

安寝せむ

昭和五十九年

大声に太郎冠者出る松の内

寒九の水飲むとき己光り出す

母郷いま雪舞へば耳痒くなる

心臓の鼓動手抱(たむだ)く雪の夜は

寒中の雲を真北にカレー食ふ

母の忌の夜の深さに雪降れり

紅ければ陸前の蟹牡丹雪

曇り日の欲求不満餅焦がす

宮大工信濃より来る小正月

大寒の夜ぞ水道の水落とせ

寒雀ふくらみきれず漁師町

雪しづるとき雪ふつと考へる

蒼茫と地平の日暮手袋ぬぐ

天満(てんま)屋のお初の首(かしら)牡丹雪

三寒四温鶉の卵並べ売り

玉葱を植ゑて二筋離宮道

騎西町玉敷神社に里神楽を見る　三句

雪雫羯鼓(かっこ)は紅き紐を垂れ

雪解風梯子で上る楽屋口

背の低きおかめ舞ふほど冴え返る

新しき村（第二次）
五句

黒パンを買はむ港の浅き春

薄氷や鳥の羽浮く村の口

連れだちの猫顔を出す梅三分

裸燈真上共同井戸の余寒なほ

切り株に残雪の端とどきけり

紅梅の撓ひも村の納骨堂

満々と水甕に水建国日

嬰児（こ）に対ふ阿呍の表情（かお）の春間近

銅鏡の緑青の翳寒の明ヶ

実印を捺し二ン月のこそばゆし

小麦饅頭ほつかりと割る春の朝

太刀添へて親王雛となりにけり

花冷えの指を一本づつひらく

手に触るるたび八重桜海へ向く

吊橋の中ほどの揺（ゆれ）朧月

八十八夜車で過ぐる城下町

鼉（だ）太鼓を打たねば春の暮れやらず

白牡丹眩しき一語探しをり

味噌豆を煮る匂ぞも青嵐

里神楽見む梨の花散るほどに

雷電神社里神楽
七句

神馬の目濡るるばかりぞ椎若葉

鮓一つつまんで神楽面つける

神の出を促す笛も夏初め

今日立夏岩戸を開く手力男命（たぢからお）

舞ふは優し首が日焼けの大神（おおみかみ）

神楽衣裳はらりとぬぐと夏初め

青嵐や鯉のはねたる大盥

垂直に降るえごの花高麗郡

高麗神社　二句

禰宜が出て井戸水を汲むほととぎす

カツレツをかりかり噛むと夏来たる

深息すさても薄暑の坂の上

早苗籠傾くるとき雲湧けり

むし暑きかな地下鉄の人吐かれ

パンの臍押せばひろがる梅雨の雲

卯の花のしだれて島の道岐つ

佐渡　九句

流人島真夏の足裏（あうら）ただ晒す

魚臭の路地曲がると暑し廓跡

手よりとぶタンポポの絮廓跡

踊り笠の軽きを指（および）にて持てり

茅花流し天平の礎石（いし）しかと踏む

間歩（まぶ）の口卯の花しぐれ降り出すか

佐渡金山

蜂の巣の吹かれて二つ国分寺

島潮騒蚊帳つり草の蚊帳吊らむ

蟻歩め二河白道の細き道

われもまたワルツ踊らむ涼しき夜

片寄つて川の流るる梅雨曇

弟子と食ふスパゲッティや梅雨月夜

朝つぱらからはだしで走る畠みち

栗の花嗅ぎつつおのれ捨て切れず

祭注連縄松が枝の下ずん通す

神天降(あも)ります夜か水鶏鳴きつづけ

奉納絵馬手に滝音へ歩み出す

でんでんでん太鼓嬰児へ振る朝曇

空間のかがやきは何(な)ぞ蟻が這ふ

朝焼が濃くなる水車まはしつつ

湖北白雲のうぜんかづら咲きのぼり

白雲の去来湖辺の青胡桃

八大龍王祀りたる村泉湧く

雷雲を二タ手に分かつ湖の上

結界や蟬交（つる）みたるまま落つる

仏頭を横たへてあり雷兆す

仏師の家

尉の面涼しさ降らす蔵の中

螢火を袂に移し別れけり

重箱の米三升を盆供とす

せんべいのまるさうすさの震災忌

産まれし牛目ひらくときの露世界

白芙蓉奥へ行くほど背高に

兜虫おのれが兜捨て切れず

花筺（がたみ）菊挿していま暾（ひ）ざすとき

打てば鳴る天の鼓も秋の風　　能「天鼓」

お茶殻を畳に撒いて今日白露

梁の反る屋根裏部屋の星月夜

刈田道きらきら岐れまた会ふも　　安曇野　六句

碌山の母郷榠樝の実のたわわ

明日晴か胡桃**こつり**と手に鳴らし

安寝（やすい）せむ胡桃二つを枕辺に

空稲架に露の雫の麓村

歩む程露まみれ道塩の道

千国街道は糸魚川と松本を結び「塩の道」と呼ばる

稲雀翔たせひと日の仕事終ふ

銀杏は地にこの神を信ずべし

蚊帳吊草蚊帳も吊らずに抜かれけり

桐の実の鳴り出し今日は当直医

吾子は——

狩衣のさらりと脱がれ菊の前

熟年や桐の実のいま鳴るだけ鳴れ

後の月曇ると書庫を閉めに行く

小鳥湧く判官稲荷多き村

東北行　四句

ここ浄土高脚蜘蛛の這ふときは

宮古浄土ヶ浜

小使室の障子開けても高き天

旧渋民小学校

川跳んで稲架の匂のずしんと来
芦刈のさびしくなれば跪く
芦刈を終へたる夜の手が熱き
穭田や橋越えてより学者村
椋の実を散りばむ天も筑紫の国
初霜の地に着陸の竹とんぼ
仇討の馬場か茶の花ただ白き
峡北風しかと据ゑたる葛の桶
「葛久」
日が傾ぎ出すほど鳰のまた潜る
絵皿白皿並べむ今朝の初時雨
劃然と石垣の影極月来

寒中の鼻伸ばしたる伎楽面
車井戸の縄はづされて日の短か
鬼瓦地上の寒きもの睨み
天邪鬼踏ゝづかまつて冬深む
観音は自在さざんくわの花真白
あす冬至壁の仮面と見つめあふ

蝶は翅立てて　昭和六十年

白湯注げば今宵の雪の降り出すか
猫の目が蒼くなりたりシクラメン
全身で橋が枯野へ踏ゝ込めり

伐折羅（ばさら）大将寒中の闇見とほす目
甕の腹撫でて寒九の水掬ふ
急須の口向かうむきなる寒土用
大寒の松枯らしたる村境
寒頂上湯呑の鶴が身を細め
五風十雨ラッパ水仙黄をかかげ
殉教や赤の重なる落椿

平戸島　七句

春浅きオランダ塀はわが高さ
余寒なほ人別帳の紙魚の痕
春の雲オランダ井戸を穢したる
白菊を散らし二月の彌撒終る

紐差カトリック教会

飛魚（あご）の頭を抛（な）げ春寒の耶蘇部落

正身（しょうしん）の春月のぼる耶蘇部落

白梅へ斎座の刻の鐘を打つ

平林寺　三句

作務僧の走り出すとき梅匂ふ

紅梅の影が伸びつつ作務衣干す

浅春のまた水腹でありにしよ

漬石を持つ母春の雪降らす

春雪降るたびに——

紅梅の枝を揺らして研師来る

蛙交（さか）るはるかなるもの聴くごとく

菜種梅雨ほどの寒さを橋の上

桃源といふべし蝶は翅立てて

手造りの胡桃豆腐に春の暁

出羽の旅　九句

出羽の空清明の紺滴らす

遠山の霞川船出来上がる

大石田、船大工木村成雄さん宅

蕗の薹ほつほつ出羽の国境

雪囲解き月山を振り仰ぐ

木の実酒とろりと坊の春の宵

羽黒山の一坊、神林茂丸氏方　二句

雪代(ゆきしろ)鱒(ます)なればそのまま舌におく

即身仏雪解の沢の音聴くか

注連寺

子雀の弾ねてござるぞ二の郭

菅谷城跡

春の夜の女身に足を踏まれけり

簇(ほこ)ることがはこべの意地か麓村

凪止みし夜は蛤を焼かせけり

風呂が熱くなるぞ軒まで霞みつつ

さればわれら五月のチャイムにて起きむ

唐薯（いも）飴の黄ナ粉が口につく立夏

手打うどんのお代り利くぞ青嵐

沈むまで形代水に逆らはず

青葉木菟に鳴かれて道を迷ひけり

誓ふことはかがやきに似て泉湧く　　祝婚

郭公の鳴きやみしとき神拝む　　信濃追分行　六句

宿命（さだめ）などなんのと藤の花垂るる

葭切や豆腐づくりの若夫婦

豆乳を飲む葭切に鳴かれつつ

ふたたびの郭公の声酒賜（た）べよ

息づくは朴の大輪辰雄の居

窯の火を止むると栗の花匂ふ

板戸絵にして馬跳ねる梅雨晴間

能護寺　二句

出山の釈迦弟子連れて二重虹

釈迦の図あり

紫陽花の紺の深さへ書庫開く

関八州の涼しさ氷砂糖なめ

闇惜しみある夜螢を放ちけり

京は祭麻の幔幕しぼり挙げ

京都に祇園祭を見る
八句

船鉾に上る厄除粽さげ

神功皇后（じんぐうこうごう）像拝めば円座ぎしぎしす
神の符を扇ひろげていただきぬ
笛を吹くことが全身山車の上
山車の上夜が来て鉦を交替す
塩なめて月鉾を待つ炎天下
鉾粽拾ふと大路暑きかな
明日土用帝釈天は象に乗り
シーソーに乗るも夫婦や土用来る
善哉童子右向けば降る蟬時雨
村社円座の端のほころびて
威し銃また鳴る翠桃屋敷跡

おくのほそ道行　八句
金丸八幡宮

蟻の列またぎて庫裡に水もらふ　雲巌寺

胸襟をひらく花合歓くぐるとき

ひぐらしの百鳴くときは願かなふ

サングラスかけて天下の乱を待つ

壺庭に蚊をまき散らし県神（あがたがみ）　関ノ明神

山百合の匂ふところに女神坐す　旧関白河ノ関、玉津島明神を祀る

ソファーより尻をすべらせ夏終る

露の朝海女来て女神拝みけり　輪島

川べりの犀星の寺秋扇　金沢、雨宝院

風船葛夕かたまけて揺れ出だす

曼珠沙華燃えたつ限り伊勢の国　桑名・伊賀行　八句

棗の実数へて探す輪中(わじゅう)村

しだれ萩本堂の下兎飼ふ

大智院

頭めぐらす秋気七里ノ渡跡

伊賀盆地暁ヶの爽涼膝上に

いせ道は右へ畷の狭霧道

暾(ひ)ざすより伊賀の盆地の威し銃

甘酒に舌焼きにしよ数馬茶屋

神留守の滝へ木の橋渡り出す

千の胡桃干す宿坊の縁先に

羽黒山長円坊　二句

木の実酒酔へば齢の三年延ぶ

かいつぶり顔を出すとき雨気配

松手入河口に船を散らばして　鶴岡

猿丸の井戸より秋の蚊を発たす　象潟、蚶満寺

黄鶺鴒尾を振り海の荒るるなり

藁塚(におふ)ふくれつきりよ即身仏の村

即身入定(にゅうじょう)刈田に雨を湛へつつ　大日坊　二句

邯鄲を聴くか即身仏はいま

息深く吸つてより萩刈り始む

源流や冬の雲湧く一揆村

螺旋階段踏み群青の冬世界

冬川合流白鷺おのれ漂はす

伝説の村の丘越ゆ韮の花

瀞の中洲枯れつつ芦の風世界

男なれば冬滝の威を肯(がえん)ぜず

一盆地見まはしてより松手入

蛇神を祀りどんどと木の葉散る

天上天下光(かげ)の白さの朴落葉

冬至湯や天下のことは汝(な)にまかす

北国(きた)の雪ちらつくばかり櫺子(れんじ)窓

金沢　六句

雪ひらひら加賀人形を見てあれば

長刀は長押(なげし)飛雪の武家屋敷

見所ただ雪三尺の加賀の国

野外能楽堂

つと雪止む忘れゐしことあるごとく

濁り酒くくむ雪河なれば加賀　金沢〝鍔甚〟

潮騒へ列なすことも冬木の性（さが）

拍手を摂社へ鳴らし雪五尺

次男夫婦葉牡丹を置き移り住む

握り飯焦がして焼いて大晦日

戦ふためか

昭和六十一年

粟餅を焼きつつ日本国おもふ

ブロッコリー食ふ会話など三日早や

両の掌で出湯押しやる寒の内

三寒や肉池（にくち）の獅子の口あけて　肉池の蓋に獅子の彫刻あり

粟のし餅二つを重ね節分来

篠竹のざんばら立ちの島余寒

平戸島　三句

殉教の島の花びら海へ散る

東風が吹くからに潮騒丘の上

風中の卑弥呼の国は野を焼けり

余寒なほ築地の厚さ手で測る

国分寺跡か蓬（よもぎ）生（ふ）までの距離

咲けば紅梅わたつみの神勧請（かんじょう）す

にじり口ひらくと筑紫冴え返る

浄土欣求（ごんぐ）橋脚すみれ野に突ッ立ち

午報鳴る村の境の土手を焼き

京よりの花菜漬とて配り来し

横笛（おうじょう）を聴き二ン月と思ひけり

虎落笛何かが焦げる匂して

桑畑の影の並列余寒なほ

篁のわつさわつさと日脚伸ぶ

子等独立タンポポの絮吹かれとぶ

啓蟄や母の背後（うしろ）を子が通り

肥前加部島　七句

八重ざくら女神は島に祀らるる

佐用姫新羅征伐の夫大伴狭手彦を恋ひこがれて石となりしといふ望夫石あり　二句

石となりし姫へまた鳴く揚雲雀

花の雨降りしか石と化すときも

蓬草道を訊ぬるとき匂ふ

揚雲雀島に十戸の聚落（むら）をおき
島びとの声の大きさ麦は穂に
菫二株午後より風の廓跡
烏賊切らる岬曇りの身を透かし　呼子
もくれんの散りぎはの白城下町　唐津
小鼓を菩薩が打つと花散るか　平等院、雲中供養菩薩像
端午の日朝の素読大声に
神楽見に行かむ牡丹大揺れに　騎西町玉敷神社　四句
清和の天笛の吹き手を交替す
河童が出を待つ南風の幕裏に
神楽面とり顔晒す娑婆五月

真鯉緋鯉おろして箱にたたみけり

酒が飲みたくて饒舌木下闇

天下晴る花橘の香を嗅げば

爪立ちす花橘に触るるべく

深谷市血洗島、諏訪神社境内に橘の花を見る二句

青梅の胸にあたつて落ちにけり

蟻は戦ふためか隊列とのへて

上州の蕎麦屋網戸を入れて朝

楼鐘を伸びあがり見る涼しさに

南風へ鼓の紐を締めなほす

青葉木菟ツレが手渡す尉の面

樟の葉の夜を降るシテが肩の上

大宮氷川神社にて薪能を見る　五句

夏月へ乱序の鼓いまを打つ

見返りし獅子に五月の闇匂ふ

能「石橋」

水からくりこの嬰（こ）やがては恋知らむ

芝桔梗若狭一寺に一仏を

若狭小浜行　五句

水の音睡蓮の紅ひらくとき

妙楽寺

胎蔵界の端に李の色づくよ

円照寺、大日如来を本尊とす

浮世観じ森青蛙木に上る

口ひらくことが忿りか梅雨仁王

明通寺

講中と並んで坐る梅雨の寺

竹煮草丈の高さは己が負ひ

信濃松原高原行　七句

青胡桃抛（な）げ中原の鹿追はむ

竹煮草をとこはみんな大股に

向日葵の芯の焦げつつ山深む

星涼し高原野菜バリと噛み

槐の花髪に散らして処女(おとめ)さぶ

神天降(あも)りませば山彦湖渡る

萩ほつほつ弁財天へ橋渡る

遠郭公減塩醤油使ひ出す

甲冑を飾る土用の部屋央(なか)に

白桃は掌にいま胸に満ち来るもの

潮騒を聴くべく円座つとずらす

蒲の穂や粥(かゆ)卜(うら)行事残す村

掌の桃の紅らめば湖平らかに

唐箕ただ空回りつつ秋深む

燦爛と榧の実散らし鬼子母神

東秩父村浄蓮寺

白菊に朝の水やり序文書く

鵙キリキリ逆修（ぎゃくしゅ）の墓の赤き文字

おくのほそ道行　九句
須賀川長松院

小鳥湧く采女（うねめ）の里を求（と）め行けば

手折るからに山の井へ拋（う）つ秋薊

万葉集に詠はれし〝山の井〟といふ

安達太良の麓の早稲田刈り始む

酒林の枯れもみちのく初時雨

二本松市、高村光太郎の妻千恵子生家

実棗や雨の太さの伊達郡

鬼の岩屋吹かれどほしの野菊いま

安達ヶ原

のぞけるも武隈の松高き天

紫苑大揺れ実方の墳下り来れば　藤原実方墓

島影の濃くなるときの千鳥鳴く

神託を聴く蟷螂の面構へ

今日寒露大鍋に海老抛りこむ

萩刈つて鵯の天下となりにけり

出ッ尻の家鴨とことこ初時雨

陸(くが)離(さか)るときの白鳥高鳴きす

行く秋の馬の腹帯(はるび)のよぢれたる　正倉院展　三句

梓弓梓の反りも暮の秋

初卯の杖悪鬼を払ふべき長さ

式内社離れて五町お茶の花

嶺々幾重冬夕焼を捨てきれず

桐の木に雀散らばす冬旱

冬の鵙聴くべく少女目をつむる

袋ごと干し飛魚（あご）を嗅ぎ宵師走

枯故郷橋上おのが身を晒し

神の加護　　昭和六十二年

吹かれつつ初夕焼は水の上

親子独楽飾りて影の触れ合ふも

閘門を開き五日の水落とす

伊勢神宮

神宮暦買ふ背ナよりの雪が舞ひ
雪は霏々鼻筋白(あお)き神馬にも
初詣帰りは出世餅を食ふ
煙(けむ)の秀(ほ)の折れて朝の浜焚火
随神の瞠(みひら)けば落つ屋根の雪
降圧剤のむ寒の息太く吐き
浜焚火立春の島七つおき
おかめの面笑ひ二月の風和む
わが妻にバレンタインのチョコわかつ
手の重さのせて白梅手折りけり
竈神に餅花撓ふまで飾る

春深む小面(こおもて)の顔くもらせば

今宵水取湯屋に幔幕張り渡し

籠松明突き出すときの闇寒き

春三更声明(しょうみょう)の声はたと止む

屋島見ゆひよんと子雀はねる日は

わが影の離(さか)れば菫揺れ初めし

花冷えの石の経筒目の高さ

志度寺、謡曲「海人」の墓あり

公達の死か花すみれ濃き色に

屋島

遍路杖立てかけ鐘を一つ撞く

田はいまだ打たず宗治自刃の地

備中高松城址

百千鳥吉備津ノ釜はトはず

吉備津路の花冷え薬売りと遇ふ

水煙は弓手にまはる花菜道

花ひらひら鴛鴦の親子の引返す

円墳にのぼれば天下霞み出す

壬生狂言西へ西へと雲移り

壬生狂言　四句

壬生念仏何のかんのと晴れ切りぬ

炮烙を一気に割つて春曇る

増(ぞう)の面かぶるや京の花冷えに

減食の身の軽くなる鳥曇

橘を咲かせて神の加護あらむ

はらはらと卯の花の雨当麻(たいま)みち

織殿の明障子も五月寒　当麻寺　二句

青五月曼荼羅は首のばし見る

岩船は天より降るか花茨　益田ノ岩船

スカンポの畦に一列宮どころ　飛鳥浄御原宮址

でで虫の角収めたる皇子（みこ）の陵（はか）　大津皇子墓二上山雄嶽山頂にあり　二句

松蟬の鳴き止むと臂冷ゆるかな

草矢つと放ち雄嶽に別れけり

牡丹大輪天のしあはせもろに承け

あとがき

『長江』につぐ第五句集である。集中

風中の卑弥呼の国は野を焼けり

の句があるので、取って句集名とした。

昭和五十八年秋から六十三年初夏までの作品、計四一八句を収めた。

最近、人間の存在、自然のありざま、四季の移り変わりの美事さ・尊さを感じることが強い。この世に生れ、この世に成長し、この世に真剣に生きることの楽しさと喜びとである。この楽しさと喜びとを十七文字という短小詩型の中で確かめていきたい。それは自分のいのちを自分で確認することの所行であろう。

今年の元日から十日間、ニュージーランドとオーストラリアのシドニーで過ごした。ニュージーランドの南島のマウント・クック（三七六四メートル）のタスマン氷河では、セスナ機で氷上に着陸。その雪片を口に抛りこみながら生きることの喜びを確認し得たし、南緯四十五度のフィヨルド渓谷のミルフォードサウンドでは、湾岸の磐上に昼寝のアザラシ親子や船に並行しては水上をとぶイルカの群に感動した。これからは出来るだけ諸外国への旅をつづけ、その地の自然の美しさや人々のいとなみの美事さを作品化したいと思っている。

主宰誌「橘」も、その着実な発展を見せている。同人・会員諸君の日々の生きざまの表現の結晶がこれを盛りたて、ダイナミックな句調を伝えてくれている。

いま、わが家は緑に溢れている。伸びた今年竹がそよぎ、梅は実をみのらせ、あじさいの紫がいく重にも揺れる。今日も胸を張って庭を歩き、天の青さを楽しもうと思う。

終りに、すばらしい装幀をしてくださった藤川喜也氏、出版に尽力してくださった本阿弥書店社長室岡秀雄、島田尋郎、宇梶寿子の諸氏に深く感謝する次第である。

昭和六十三年六月二十日

橘山房にて

松本　旭

醉胡従（すいこじゅう）

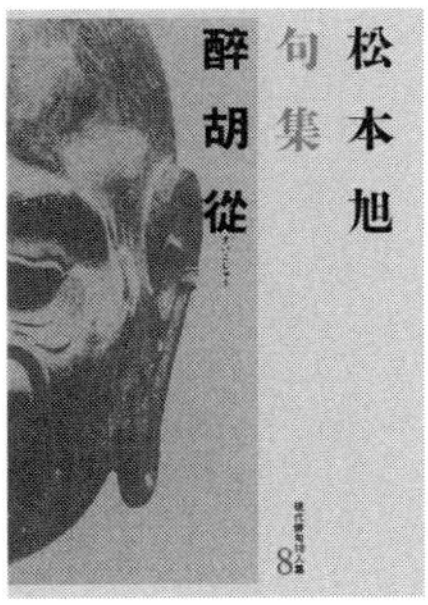

平成四年二月十一日
牧羊社
四六判　上製函入　二二六頁
定価　二六〇〇円
収録句数　四一〇句

地獄変

昭和六十二年

わが思惟を止める冷房切りてより

羽抜鶏その顔尖るまで見詰む

輪つぱ飯盛らむ土用の近づくに

灼くることが大地の意志か男根神（おとこがみ）

波音を聴くべく蜥蜴石の上

追分やその高さもて青芒

信濃追分　七句

夏雲のわんわんわん宿場町ねむり

木曽駒の瞬くときの雷兆す

水滾々頭（ず）より灼けたる道祖神

産土神祀つて草を刈りにけり

枳殻の実の青そこも信濃風

掌にのせし雪花菜（きらず）あたたか晩夏いま

合歓の花滲んで雨の草津道

週三日書庫にこもりて書を曝す

蒲の穂の直立雨のあがるらし

琵琶を抱くこころ都の涼しさに

橋本敏江さんの平曲を聴く　二句

平曲は忠度最期南風つのる

松葉牡丹炎（ほ）と燃えたつも汝が故郷

秋暑し棚の藤蔓おのれを捲き

栗落つる音曙の光なか

瓢は大山の静けさ負ふために

岡崎隆さんより二十世紀梨とどく

山陰の風か匂か梨食めば

曼珠沙華母より先に父の死が

堂守の読経流れて曼珠沙華

鶏を追ふ声が暮れ出す豊の秋

秋風や亡者がおらぶ地獄変

鶏頭の頭が重たうて晴れきらず

滝音の離(さ)かれば濁世(じょくせ)にて九月

幾許(ここだ)天青しどんぐり拾ふほど

雨あがる茸の笠の水平に

山繭の黄より暾(ひ)ざしぬ安曇野は

瓦焼く村秋雲のひとひらを

一山露胸張つて鹿影もうごく

茨の実つぶりと紅し汝がために

首立てて秋蚕の眠峡の村

嘗て天領石榴の撓(しない)地に触れむ

山国は噴井朝より高き天

手の平の白さを振つて雁仰ぐ

湖中へ橋が突き出て野菊晴

五風十雨古里からの芋とどく

一つ二つと書庫の灯を消す無月の夜

右せんか左せんかと柚子抛る

福耳と言ふべし秋風聴くからは

校倉（あぜくら）のまうしろにして竹を伐る

麦を蒔く人のうしろも人の世ぞ

初霜の鴉は寝ぼけてはをれず

小豆打つ媼（おうな）体中光らせて

海賊船現るる日尾花きらきらす
芦の湖

戯れに駕籠を担げり柚子の里
甘酒茶屋

初花の細小（いささ）叢竹（むらたけ）色なき風
湯元、そば処「初花」

明日立冬欅の瘤の大き意地

鳴くほどに鵯のちらばる城下町

石燈籠時雨るるときの火を入れむ

つくね芋積み上げて売る鳥居下
さくら落葉オウと呼ぶ声母屋より
天の配剤柚子が湯船でをどり出す
落葉駈く屯倉（みやけ）をおきし跡どころ
さつまいも焼けずや杜の大焚火
その影の揺るる幣束移して冬
裸木の向かうに何をおき光る
反逆や瘤が二つの大冬木
生涯農夫西の雪山しかと見よ　友は——
矮鶏（チャボ）雌雄迎へに出でて冬日和
カルメ焼くづれせつなし年の市

鍋蓋の重さに鴨のごとごと煮ゆ
猫が来て木椅子に坐る雪もよひ

受胎告知　昭和六十三年

前ジテは老松の精今朝の春
赤道を越す欠き氷カリと噛み
牛は牛連れ丘また丘の夏盛ん
草の絮とぶとき夕日天焦がす
間欠泉ゴウと五尺の夏頂上
羊の毛刈るも日焼の太腕
朝の虹湖尻にして村をおき

ニュージーランド行
〈一月〉一七句

氷河湖に朝虹の脚とどかざる

鉱山(やま)町の晩夏短き貨車通す

南十字星恃みに湖尻明け易き

風聴くか礁(いくり)に上がるあざらしは

ミルフォード・サウンド

湾平らあざらし磐にねむる日の

またイルカ飛ぶ峡湾(フィヨルド)の波の上

セスナ機の傾き翼氷河指す

タスマン氷河上に飛行機着陸す

氷河に立つおのれ全身青みつつ

啼きて寄る氷河雀の涼しけれ

羊毛皮(ムートン)を敷き南国の明け易き

灼け風船天へ天へと丘の町

カンガルー尾翼に描き真夏日来　　シドニー飛行場

炎昼や湾に浮上の潜水艦（サブマリン）　　シドニー　二句

飛行船向きを変へたり炎天下

わが白眉のびしか一月旅を終へ

帰国後の寒の朝粥お代りす

白鳥の白さおのれを漂はす

一つづつ鯛焼子等に手渡しす

寒紅梅志野の茶碗をまはし見る

足袋ぬいで部屋隅におく二月朔

明日立春湯気総立ちの露天風呂

金柑の煮つめし甘さ余寒なほ

二月潮騒根源といふ魔物棲む

壺の口のぞけば春の潮鳴りす

鼓の緒紅く垂らして春の夜

倉敷、旅館「くらしき」

冴え返る夜の小鼓しかと打て

春寒き夜の香をたき接待す

春暁や受胎告知の天使の瞳

大原美術館、エル・グレコ「受胎告知」

楼鐘の綱強く引き草萌えす

ルドン「鐘楼守」

崖上の潮騒の径花菜径

白梅の散り来る中の風呂わかす

雪片を掌に受く春の札所寺

弁慶の机に触れて冴え返る

西国二十七番円教寺三句

歌塚の傾斜も春の牡丹雪　和泉式部歌塚

杉花粉とべり天守の搦手を
東風駘蕩忠盛燈籠とて触る　京都　四句
白梅紅梅影重ね合ふみ堂前
葛切を食べに祇園を突き抜けて
つと雉が水飲みに来る朝ざくら

欅の花斜めに飛ぶと村目覚む
春寒の篁の中お鷹狩道
負鶏の背ナを撫でては月を見る
匂袋手に花冷えの城下町　津和野　三句
和蠟燭の赤を寝かして花曇

鷗外旧居屋根伝ひする雀の子

潮満ち来大き春月かかげつつ

尾ノ道、「西山別館」

地酒汲む桜月夜の妻とゐて

たんぽぽの絮毛が止まる標石（しるべいし）

落花てふひびきもあらむ山ざくら

風船のキュキュッと鳴つて飛び立ちし

狐面（おとかめん）かぶれば八十八夜来る

なかんづく大学街の欅若葉

桐の花端然として身を持する

卯月さみし仮面の口に指触れて

仮面額（ひたい）叩くと真夏きらきらす

蟻地獄父よ母よと蟻ンこは

端居して一匹の蟻しかと打つ

麦笛や初恋の子へ向けて吹く

刻を聴くか目を凝らしたる羽抜鶏

青葡萄濹東の猫ニニと鳴く

梅雨入宣言中華大鍋かきまはす

立ち上がることが渾身鹿生まれ

潮の香のまづは円座に腰下ろす

宝珠手に菩薩世界も梅雨地獄

時の日の現し世口のただ乾く

湖あるを誇つて百合の咲きにけり

佐久の鯉ざくりと切るに雷兆す

橘衆と中国行　一五句

驟雨来るか驢馬首立てて御陵道

槐の花項(うなじ)へ散ると長城下

北京裏街西瓜の種を強く吐き

白粥の碗おくときの朝曇

驢馬停めて冬瓜売の呼び口上

洛陽

並木直進隋の都の蟬時雨

竜門石窟　二句

夏の虫翔ぶよ一仏二弟子ゐて

飛天舞ふ天の涼しさ降りこぼし

黄土地帯

窰洞(ヤオトン)住まひは涼しかるらむ顔を出し

尻尾振る黒豚親仔朝より灼け

王（ワン）さんが空を仰いで喜雨来るか

城門の蟻臂を這ふ日暮れつつ

西安

城門の東へ夕焼ごと出づる

積乱雲仰ぎて腹の空きしかな

浅間山右手にまはり土用来る

青蚊帳のたわみに螢明滅す

仮住居したる三尊朝曇

花独活や綱のよぢれしかくらさん

「かくらさん」は綱で船を引っ張りあげる轆轤

握り飯に胡麻を振るなり今朝の秋

川施餓鬼風の少しく出でにけり

風呂の湯のわんわん熱き厄日前

出羽の栗頬ばるはみなわれらが徒
俎を干す山荘を閉づる日の
菊の日の紙の白さを二タ折りに
菊の日の水に映りし吾を愛す
車海老のその眼の青さ今日無月
胡散臭しと鴟に瞰（み）られて水貫ふ
入信を拒否すれば桃紅らむよ
藍に染みし指（および）をひらく秋天へ

中島紺屋　三句

藍甕の縁を叩いて秋深む
烏瓜赤らみ鶏の駈足す
潮鳴りの高まれば擱（お）く秋扇

鬼神のお松は隣家(となり)の弥吉村芝居

パパイヤを切る潮騒ただよはし

渇くことがその日の昏さ曼珠沙華

翅立てて秋蝶睡る多賀城址　「おくのほそ道」吟行七句

杉の実のいくつころがる舞殿に

秋蜂の曽良の頭に来てとまる　石ノ巻日和山、芭蕉・曽良同行像あり。

燦乱の海猫(ごめ)の舞かも秋河口　袖の渡

空の青ひつぱがすごと小鳥湧く

棗の実さはに芭蕉の一宿地　登米

田楽太鼓ドッドッ打つて秋深む　毛越寺、延年舞を見る

百匁柿(ひやくめがき)の重さ掌におき子を愛す

いま聖書おく秋麗の手の上に

鶏頭の直立鎌倉みち消えて

わが庭の十歩を出でて初音鵙

かいつぶりまた顔を出す塔見むと

樹下新涼青き花鈿(かでん)を真額(まびたい)に

正倉院展、鳥毛立女屏風

樹下の獅子立つか踊るか秋真青

白橡綾ノ几褥

さやけさの唐子よ打毬(ポロ)をいつ打つか

花氈

ひやひやと開田地図の麻布(まふ)のしみ

東大寺開田地図

酔胡従(すいこじゅう)秋を興じて鼻伸ばす

伎楽面

柚子の里鐘の一打を大事にす

光るからに蝗みじかき命終ふ

落穂拾ひが母者の仕事ふるさとは

稗の穂を束ね掛けたり木小屋中

壁際に薪積みあげて冬用意

力満ち来て冬の鵙睥睨す

道の隈狭霧大口あけて吸ふ

村中の縄綯ふ夜となりにけり

篁の深きささやき数へ日の

痛風の足をいたはる北風の中

のし餅にお供へ二つ添へて来し

塵芥（ごみ）大尽なりしよ師走勝手口

降魔の剣

平成元年

焼林檎ふくりと焼くも松の内

達磨市の達磨一つが後向く

華厳（けごん）とは仏法世界いま冰（こお）る

むざと鯉真二つに切る寒の入

崩御聴く切山椒置かれしまま

崩御の日七日のお茶の濃すぎるに

御舟入（おふないり）の夜ぞ寒林鳴るばかり

小正月醤油のからき煮こんにゃく

餅焼いて食ふべしもぐら打ち終へて

殯(あらきの)宮(みや)寒の白雲北方に

武将凧睨み天より幸降るか

鶏の目が疲れゐて寒頂上

子守唄だんだん雪が速くなり

白梅の径にまた出る平家村

胸に白さ漂ふまでは梅を見る

目を切つてこの世がひらく雛(ひな)頭(がしら)

岩槻、東玉人形会館

体反らす肩の力みも仕丁雛

緋寒桜そのまた駅がちんまりと

露天風呂利島新島霞みつつ

今井荘

迦陵頻伽の顔の横向き梅匂ふ

京都、高台寺

華頭窓の障子をひらくさへづりへ

貴人口（きにんぐち）より入る京の霞む中

団扇太鼓指ではじくと春深む

鶯や朝の湯豆腐あそび出す

冴え返るほど廊きしむ門跡寺

制多迦童子汝も赤しと春疾風

花三分阿弥陀如来と手を繋ぐ

鞍馬寺転法輪院、如来の手より紐あり

料峭の雲のちぎれも丹波口

丹波浅春屋根に堅男木（かつおぎ）おく民家

蕗の薹ほつほつ丹波式内社

みささぎのま上日当たる春の鳶

皇女（ひめみこ）の胞衣塚（えなづか）二つ花の陰

春寒の鐘撞いて出る粟田御所

エープリル・フールか宅地買はむとす

花満つる時しも実盛像拝す　　妻沼、聖天院

吉野　八句

これやこの吉野口なり紫雲英燃え

菜の花のあふれ六田（むつだ）の淀と聞く

湯釜一つ据ゑてさくらの散りはじむ　　水分神社

山椒煮る匂か花の蔵王堂

花楓幾重義光（よしてる）忠死の地

花びらを谷へ掃き出す葭簀茶屋　　中ノ千本

内陣に円座一つの花曇　　如意輪堂

花冷えと言ひつつ誰も別れけり

花筏ほどけてはまた流れ出す

鼻の頭が乾いてゐたり芽吹の夜

むんむんと若葉野武士の駈けし丘

惜春の雲の白さの樅大樹

結界の注連(しめ)をくぐつて滝壺へ

黒山三滝

滝見茶屋紅緒の草履吊されて

山門や虻のつぶての光曳き

竜穏寺

ほととぎす梢に鳴かせ比丘尼墓

明日メーデー楓の枝をピシと折る

一升餅かつぐ子がゐて今日立夏

岳君満一年誕生祝

武州安楽寺

わが胸の光り出すなり鯖食うて

九品仏どれも心に梅雨降らす

踏切の鳴つてゐるなり麦の秋

盤上の王討死の送り梅雨

鎌倉、明月院

あぢさゐに三たび触るると寺を出る

形代の袖折れ曲る日暮れどき

江ノ島　三句

地球の丸さ見つるか﨑の濃紫陽花

あぢさゐの露のここだの辺津ノ宮

群猿を刻みし庚申塔あり

神猿の扇開いて踊りける

馬刺食ふ体中の暑がぶり返し

恋愛論鍋の泥鰌はひげをもつ

法界定印さても滝音離れざる　　下野雲厳寺

忿るほどりりしき貌ぞ兜虫

魚梁（やな）の成るまでの天日ぎらぎらす

瀬の音を聴きつつ鮎を食うべむか

木下闇降魔の剣鋭（と）くすべし

二丁艪の舟が着くなり島葵　　安房仁右衛門島　二句

藪蚊どつと島に女神を祀りたる

月下美人その潮鳴りの遠き夜

寝る前の星を見に出る夏館

七星のその柄が曲がる夜の秋

握り飯くばられてゐて霧湧き来

むすび食ひ朝顔市に乗ッ込みぬ　入谷

朝顔市お日さまがまた顔出しぬ

袋口摑む土用の風の神　雷門

夫婦して十日詣としやれのめす

懺悔するまでは到らず曼珠沙華

国境芯のか黒き大ひまはり　ヨーロッパ行、スイス・ドイツ・フランス一六句

シャモニーの村を眼下に帰燕います

薄き大気口あけて吸ふ秋天下

鱗雲子にローレックスの時計買ふ

どの村も教会の塔鰯雲

ただ秋風鶏の遊べるサイロの下

ローテンブルグ　四句

城壁の銃眼秋の雲去来

市庁舎時計台、市長人形踊り出す

秋晴れて酒呑み市長盃を干す

ドイツケーキ買へり小鳥の湧きたつ日

菊日和白馬の馬車が歩み出す

ゆふべ爽やかドイツのワイン赤えらぶ

チャペルの鐘鳴るや噴水むざと散り

大き厚き聖書ひらかれ塔の秋

北海の鮭食らふべし街なかに

マロニエの実を踏み異国光り出す

耳元に栃の実振つて巴里の夜

「おくのほそ道」吟行　一〇句

加賀の水澄むと石橋渡りけり

でこぼこ榠樝の青さ小ささ一笑塚

通草の実そはむらさきの廓跡

鳴鏑に成りませる神鵙の天

秋風の吹けば光りて八幡座

多太神社に実盛の兜あり、そのてっぺんを八幡座という。

大袖の懸緒の紅さ菊日和

蜻蛉その腹まで赤し古戦場

実盛首洗池

風鐸を離るるからに萩の風

那谷寺

穭田の穭まばらに加賀古湯

裏山へかりがね消ゆる時ありぬ

全昌寺

まさに秋如来み胸の金の色

茶の花の蕊のはじけて姫が墓

八千の選句とあれば月いびつ　第四回国民文化祭、投稿七七九一句を選す。

岐(ちまた)神(がみ)右手へ枯れの札所道　秩父行　九句

あけび籠おろして岐神をがむ

さくらもみぢ心願相撲の土俵置く　舟川千手観音

まゆみの実弾けて札所暮れ兆す

綿虫の綿の白さの峡明り

渓越えてより綿虫の光りだす

紅葉散る五右衛門風呂の焚き口へ

秩父札所スピンスピンと小鳥来る

前山に霧が湧き来る茶を点てよ

猿田彦祀つて早稲田刈られけり

むらさきしきぶ札所近道ここよりす

桃源かいま立冬の犬吼えて

衣被食らひ植木屋起ちあがる

みどりごの手を開くとき笹鳴きす

離れて百歩み山しづかに眠り出す

狐火やその夜は亡母（はは）の恋しきに

楢の葉のしがみつくまま年を越す

春は曙

平成二年

川二つ越え柴又の初詣

初春の艪の先水を滴らす

満月のやうなる餅が二十来し

ぽつぺんを吹いて佳きことあるらしき

朝粥や七日は晴るる奈良の町

冬薊触るれば刻（とき）の光り出す　日本武尊櫛引原白鳥陵

風鐸鳴る冬の雀を散らしつつ

一言の重さこの世も寒牡丹　一言主神社

冬ざるるるほど古き道山に沿ふ

かいつぶりもぐると曇る后陵

曼荼羅を見てゐて霜の来る晩か

北風のふはつと篁また篁

頭より食ふ鰰（はたはた）貧乏性抜けず

牡蠣舟や三方に雪めぐらして

子が雪に顔を圧しつけいや敷け吉事(よごと)

節分の豆こぼれをり岬社

雄鴨翔つみささぎの日を全身に

雪起しおのれただよふまで歩む

立春のしかと突き出す智拳印

残雪や午後よりひらく稲荷講

山茱萸を咲きこぼしたる勅使門

自在鉤にも春が来るなりおらが家

山藤章二の漫画見てゐて冴え返る

草霞み馬の草鞋を奉納す

潮騒の中にて夫婦(めおと)雛(びな)飾る
冠紐すこしゆるみし親王(みこ)雛(びいな)
竜宮に通ずる池か花未だ　尾島
百千鳥蔀日を呼ぶために上げ
春の雪ひらひらひら夢二館を出て　伊香保
竹筒に神水受けよ春深み
残雪の端めくれたる番所跡
でんでん太鼓鳴らし春雪またこぼる
うららかや指頭の渦紋幾重にも
白足袋をぬぎ花冷えと思ひけり
春は曙胸を突き出す風見鶏

足袋をぬぐ光漂ふ手もてぬぐ

冴え返る祈ることもつ信者等に

田螺和(あえ)つぶりと噛んで明日晴れよ

初蝶の白さの起伏札所みち

紅梅に触れつつ閼伽の桶運ぶ

風払ふかぎりは撓ふ御所ざくら

神水を汲まばや花の散らふ日の

研師いま手を休めると藤を見る

日の燦と虻中空の小町寺

縁日の近づくさくら八重にして

花冷えの顎離れたる伎楽面

玉砂利の一荷こぼすと霞み出す

時計電池切れてゐるなり春の夜

香をたくさくらの下の昏ければ

早飯は四月明るさあるうちに

都忘れのむらさき濃くて潮騒す

漁夫ぼうと口をあけたり春の虹

山ざくら散るまでは掃く結願寺

八重桜散りしくときの鯨飯す

芽木どつと天上の青いよよ青

川澄祐勝さん高幡不動尊貫主就任を祝いて

竜王の口の赤さの余花曇り

囀りや水ざざと汲む化粧（けわい）の井

得成寺、小野小町化粧の井戸

余花白しゴウと風鳴る後ろ山

街道に出て風車まはり出す

磨崖仏額（ぬか）光らせて牡丹どき

流人島虹の一脚まだ消えず

わが庭は雀がくれの風の波

花藤の下をへめぐる古墳村

春逝くか鍋泛かせたる自在鉤

ぼこぼこと風呂が湧きたつ明日立夏

初蚊の声一茶は頭巾そのままに

「八番日記」

雪花菜（きらず）煮るとき巨蟻の道迷ふ

棕梠の花吾（あ）れが直弟子ここに住む

視ることが己の意気地羽抜鶏

椎大樹幹を叩けば六月来

風は天に鵜の眼光のたぢろがず

水元公園

塔頭（たっちゅう）の簾捲かれてゐたりけり

歯車の一つの吾か南風わつと

鮎食うてをれば夕方蒼くなり

水甕の腹のふくらむ麦の秋

青萱の秀の乱れたる出羽境

曲り家は葭簀下げられ水の音

前山に朝霧口（くち）留（どめ）番所跡

向日葵に川風といふ強さかな

今日のこの寧（やす）さ蚊帳吊草を引く

あとがき

『卑弥呼』につぐ第六句集である。集中、正倉院展で詠んだ

　　酔胡従秋を興じて鼻伸ばす

の句があるので、取って句集名とした。

「酔胡従」は、伎楽面の一つである。「酔胡従」は八人一組で、「酔胡王」に従って舞う。伎楽のフィナーレともいうべきもので、その年の豊穣を祈念するのだという。正倉院展で見たのは、天平勝宝四年四月の大仏開眼会の際に使用されたものといわれ、その鼻はあくまで長く、口元に垂るるまでである。そのユーモラスな表情の中にあるかなしみは深い。

この句集、昭和六十二年から平成二年夏にわたる作品四百十句を収めた。

このごろ、特に対象、風景、人事の内側にある真なるもの、人間の心の厳しさを詠いあげたいものと考えている。貴重な日々の〝悠久の中の一瞬の光〟を見逃してはいられないとの思いである。

俳誌「橘」を主宰して十数年、連衆の心の触れ合い、俳句への情熱を見ると、意欲がもりもりと湧く。

鶫がしきりに鳴くころとなった。わが家はもくせいの花ざかり。二階の書斎までその香が漂う。この自然の平安の中、〝行く手きらめくもの〟を目指して進んで行こう。

終わりに、すばらしい装幀をしてくださった伊藤鑛治氏、出版にご尽力をいただいた牧羊社の川島壽美子社長、小島哲夫の両氏に感謝する次第である。

平成三年十月十五日

橘山房にて
松本　旭

本日（十一月三日）秋の叙勲ではからずも勲三等旭日中綬章の受章の栄に浴し感激の至り。先輩、誌友の皆様のお陰と感謝申し上げます。

凱旋門（がいせんもん）

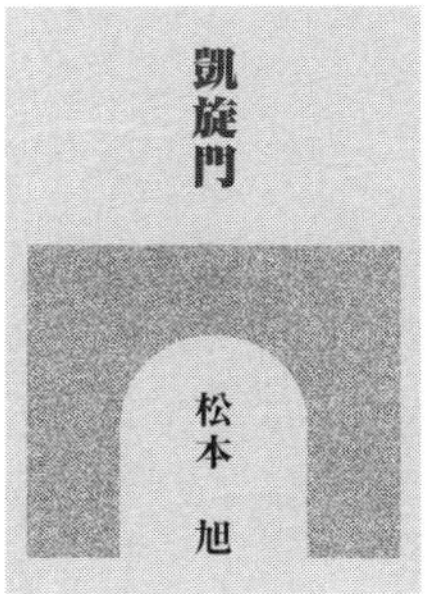

平成八年六月十五日
本阿弥書店
四六判　上製函入　二三二頁
定価　二八〇〇円
収録句数　四二〇句

神の忿

平成二年

花筏風をのせてはほぐれ出す
神の忿（いかり）少し怖るる桜どき
桜月夜みな新生児睡りをり
一番窯の焼きたてパンよ朝ざくら
山笑ふ神のしづけさ負ふために
藤房のむらさき明り古墳村
俵茱萸のひと枝背負籠に挿す
父も子もざりがに釣りか葦さやぎ
蟬時雨茫々たるは少年期

焼鮎を挿せり弁慶揺らしつつ　最上町、封人の家

ただ炎天峠に祀る性神（おとこがみ）　山刀伐峠

迷ひなく蜥蜴尻尾を捨てにけり

放生会泥鰌の小さき掬ひたる

をみなへし黄の深まりし五十日　義父没し、神式五十日祭

朝顔や作麼生（そもさん）女人の本性（ほんじょう）は

剰（あま）さずに九月の大河紺を引く　シベリヤ上空より

石井戸を据ゑてグレコの家も秋　スペイン、トレド

ドナウ河漣（なみ）きらめくと小鳥湧く　ウィーン　三句

満ちて秋ベッドのそばの禱り台　シェンブルグ宮殿

身に沁むや弥撒（ミサ）にコインの喜捨をなし　シュティファン寺院

ニケの翼しかと突き出す秋風裡

ルーブル博物館、勝利の女神ニケ像あり

橋はあさむづ風船かづら掌に吹かれ

福井、あさむづの橋

次郎柿越の眩しさそのままに

滝音か叉手（さしゅ）して霧の廊行けば

永平寺　二句

秋ずんと開枕鈴（かいちんれい）の高鳴りす

纜（ともづな）を解く秋風のかがやきに

敦賀より海上種ヶ浜へ

湾の風静止野菊の紺凜と

種ヶ浜

秋思深むための寝返り打つことぞ

通草の実熟れきり海の渺々と

懺悔文巻きかへしつつ菊の寺

爪切つてをり笹鳴の近づくに

冬嵐慾の限界どこで断る

大根干す佐渡が一日見えてゐて

箕納めのこの宵粟の餅を搗く

大嚏してより梯子下りにけり

備長炭もらひに行つておしやべりす

亥の子餅のふくらみを愛す出生地

わが胸に触れて離かりし雪ばんば

身欠き鰊身を欠かれたる年の暮

御陵泛く北風はたはたと鳴らしつつ　白鳥陵

橘の香のうつりたる手で拝む　誉田八幡宮

陪塚の森のあたりの冬星座

糒（かれいい）を掌に置けばまた時雨だつ　道明寺
天秤の水平になり雪降り出す

汝が土鈴

平成三年

御陵村初日大きく矮鶏（ちゃぼ）睦む
繭玉や風べうべうと屋敷神
桐の下駄おろし寒九のよき日和
初観音信者に吉祥塩（きっしょうえん）頒つ　河内、葛井寺
寒紅梅白鳳仏を拝まむか　野中寺
湯豆腐の更には鱈の身を掬ふ
汝（な）が土鈴振れば夜となり雪となり

永平寺　四句

小参の声張り見せて雪卍

雪中洗面桶一杯の水がいのち

典座（てんぞう）や寒の朝粥湯気どつと

法堂の朝の勤行（おつとめ）春は未（ま）だ

障子閉めてより二ン月の水の音

丹波地酒梅の花びら泛かせつつ

越中五箇山　六句

軍鶏（しやも）の声しやがれ余寒の平家村

生姜湯飲む合掌造り大居（オオエ）の間

（オオエ――いろりのある部屋）

二階（アマ）障子開くと蒼き雪五尺

（アマ――合掌造りの二階）

囲炉裏の火赫々麦屋節習ふ

簓（ささら）鳴らす春の煩悩払ふべく

簓の百八箇の小板は煩悩を示すと

筑子簓（こきりこささら）柱に掛けて冴え返る
吊橋の鉄鎖がしかと雪を噛む
子宝の湯が溢れつつ朧月
築山に土を盛り足す涅槃西風
土筆笊に摘めばどんどこ日が昇る
枇杷の実の青さ逆修（ぎゃくしゅ）の尼が墓
風船をキュッとこすって子に渡す
降圧剤飲むを忘れし霾（つち）降る日
天守閣真向ひにして雛飾る
紙雛寝たり静けさ聴くために
末黒野や行くにさびしき胸をもち

鼻の頭(ず)がひしひし乾く芽吹く夜の

丹波口軍鶏が蹴散らす花びらを

小鼓を据ゑて城下の花の冷え

内陣の円座一つの花曇

遠霞崖(はけ)の水音高まらせ

蜥蜴は磐におのれが天下睥睨す

その言(こと)の消ゆるを惜しむ花の下

まうしろに内侍の墓ぞ牛蒡蒔く

水滾々そこ結界の著莪の花

白椿見上げて揺れてわが家かも

花桐のむらさき恋ふる老(おい)小町

京都・補陀落寺、小野小町像あり

貴船神社

天津磐境（あまついわさか）苔の花咲きめでたけれ

一雷のぴしと八十八夜来る

俵屋　二句

京の宿葭簀を下げて青み出す

朝湯とて京の涼しき檜風呂

ものがたり悲恋とあれば鐘供養

麦飯を食らひどこそこ歩きけり

夕づくと水口祭垂（しで）の白

麦打ちの唄聴きたくて川渡る

蚕豆をつぶりと噛んで旧友か

会ふことの美し闇の五月来て

念力の一臂（いっぴ）五月の制多迦（せいたか）は

境涯の静けさ黄楊の落花白

渺々と片岡の麦刈り残す

ぼうふりを見そなはしたる戎神（えびすがみ）

孑孑の踊いつまで盆地の昼

小川町氷川神社

八ッ神を八島に鎮め梅雨気配

室ノ八嶋

然（さ）りながら蕗一本が直立す

托鉢草鞋庫裡に四足の青嵐

嘘もまた真あり紅き立葵

朝焼の湖へ向かひてホルン吹く

カナダ行　四句

レイク・ルイーズ

ステーキにフォークぶすりと夏時間

雪渓の端氷河湖にのめりこむ

バグ・パイプ辻に鳴らすと大南風
ヴァンクーバー島、ヴィクトリア市

地芝居の真実(なおざね)詞とちりたる
一ノ谷嫩軍記

天人の五衰か月下美人萎え

別れの声発止と投げよ晩夏光

追分に佇てば暾(ひ)まみれ露まみれ
信濃追分　七句

旧街道日雀(ひがら)飛びたつまでは啼く

独活の花そのしづけさの思惟仏(しゆいぶつ)
泉洞寺

蜻蛉水平何の思惟の露座仏

朝郭公豆腐四丁づつ提げて
豆腐屋「加賀屋」

青胡桃土にめりこむ遊女墓

露燦々一里塚まで歩を伸ばす

てんと虫翔つと日ざして宿場町

小田井宿　二句

姫(ひめ)ノ宿(しゅく)と呼ばれ朝顔七彩に

海見むとして曼珠沙華起ち上がる

露天風呂までは十歩の曼珠沙華

困民党蹶起の村も晩稲(おくて)刈

巴御前仕上がり菊師水を打つ

露白光眦(まなじり)切れし金剛神

籠の鵜に言葉をかけて通り過ぐ

岐阜、山下哲司氏宅

鵜匠若し足半(あしなか)に足突ッ張つて

さても高処(たかみ)の結願の寺時雨だつ

谷汲山華厳寺　二句

後生車その重さもて時雨出す

旧約聖書この秋麗の手の上に

糝粉（しんこ）挽く婆に宿場の鵙天下

文化の日み空飽くまで水色に

勲三等旭日中綬章受章

朗らと鳴く宮居鴉よ冬の晴

角櫓白鳥の白されば白

宮中へ　二句

みどりごの手を開くとき笹鳴す

警世のくしやみ一つの帰り花

北風びゆうと幹の痛さの磯馴松（そなれまつ）

退（しさ）らじと鴨一群の櫓下

大阪城　三句

暾（ひ）の中にほぐれ出したり鴨の陣

北風光るからに千貫櫓の威

冬凛々十字架（クルス）を胸の右近立つ　　聖マリア大聖堂

胞衣（えな）塚やゆふべは更に冬深め　　玉造稲荷神社

きりたんぽ酔ふほど話大きくなる

鶏の駈け足焚火ぼつと燃ゆ

投げ餅の一声冬の光曳き

雪霏々と牡牛おのれが首を伸べ

雪ひらひら輪蔵一気に押す構へ　　足利、鑁阿寺（ばんなじ）

人のため吾がため輪蔵まはして冬

竹馬に乗つて祖父（じじい）へ見せにゆく

鮟鱇の吊られつぱなし浮世てふ

北風の日暮れはむざと湯呑置く

背信や赤鮮烈の大冬日

白湯ふうふう西の遠山眠り出す

氷河村

平成四年

汝が額（ぬか）の広さを愛す人日は

くだつ夜の観音雪を降らしめて

嘘八百寒の額を照りつかせ

鷽替ふる日の空眩し橋の上

雪しんしんこの世寧しと埴輪の目

茶釜の湯しづかに移す牡丹雪

海荒るる夜は粟餅を焦がしたる

雪の夜となればうれしく嘘を言ふ

汝が家の初音を聴きて妊るか

角組む蘆八幡様は村社にて

比良八荒善男善女湖べりに

萩根分湖のきらめきうしろより

白きもの降り出す雛の店を出て

紅梅の幾重でんでんでん太鼓打つ

仏桑花踊るシヴァァ神いま恍惚

歩むほど花輪(レイ)匂ふなり三月も

ハワイ　三句

パイナップル畠(ばたけ)千畳陽(ひ)も千畳

昼を寝む柱に花輪(レイ)の馥(かおり)掛け

初蝶の起伏篁までの径

大学の守衛手を挙ぐ花の下

つとこぼす水口祭焼米を

竹馬に乗つて佐渡まで霞みけり

投扇興の扇ひらめく余花曇

浅草、伝法院

飴売れる日のつづきをり百千鳥

渡し舟降りると安房の揚雲雀

冠（かむり）紐（ひも）は古代むらさき鐘供養

以心伝心土筆は手よりただこぼる

ほろかけぐさの母衣（ほろ）の薄紅篁に

会ふことがうれしや京の竹の秋

種俵しづく垂れたるまま運ぶ

道祖神（さえのかみ）縄に縛られ四月馬鹿

清明の夜やもつとも闇が濃き

水鳥埴輪の嘴に陰翳（かげ）夏初め

ぼうたんやこのひろがりの真昼間を

藩鐘の重さ据ゑたる薄暑かな

忍城資料館

てんと虫盆地朝より晴れあがり

男（お）ノ神の女（め）ノ神擁（だ）いて麦は穂に

母の日の大きな枕届きたる

薫風の日暮は青し実盛忌

斉藤別当実盛の忌日は五月二十一日

味噌樽を木小屋に据ゑて麦の秋

スイス行　七句
グリンデル・ヴァルト

麦秋や隣りの嬶(かか)が大声す

わが干支の守り菩薩ぞ虹の下

岩燕氷河尖端村に入る

朝焼へ牛放つなり氷河村

牛鈴(カウ・ベル)の移動満目のキンポウゲ

ベランダにスイス雀の来て涼し

モントルー、シヨン城

風船かづらシヨンの城の朝ぼらけ

バイロンも来りし古城バラ真紅

スイスの村は

しあはせが在るとポプラの下に住む

イギリス、ウインザー

廻転木馬の馬勇みたつ村祭

風琴弾く大道芸も夏初

胸涼し弥撒（ミサ）を知らする鐘の音　パリ　四句

一燭をマリアに捧ぐ涼しき日

凱旋門殊に夕焼濃くなりぬ

フレンチ・カンカンさても六月夜の深み　ムーラン・ルージュ

ここ古湯赤絵の皿に早桃置く

蟻地獄くづし天日暑きかな

雹降るは何の天意ぞ盆地いま

脇本陣清水とつとと走らせて

小蜻蛉の胴の紅柳蔭　遊行柳

唐黍の花燦爛と一里塚

女神いまも峠に坐（ま）せり葛の花　境ノ明神

竜の髯の青さに風の摂社神

朝市の終り葭簀の捲かれたる

馬寄ると馬の臭ひす晩夏早や
南ヶ丘牧場

藤袴ふわつと牛が顔を出す

曼珠沙華水に沿ふこと疑はず

秋扇人の子なれば悔もして

鬼神ノお松は隣家（となり）の弥吉村芝居

秋簾さげて佐保路の傍（わき）に住む

野牡丹のむらさきいくつ業平寺
不退寺

芦笛を吹くと鳰鳥またもぐる
こなべ古墳

曼珠沙華おのれの赤を憎まざる

唐辛子の赤が焦げるぞ干されつつ

汝は痩せざるための蛇行か秋大河

保食（うけもち）ノ神へ初穂を供ふべし

飛び火して曼珠沙華燃ゆ大和川

大粒の露燦爛と三輪の里

海榴市観音

いちじく割れ神のそしりを免れず

三輪山をうしろに早稲田刈り残す

三段に曼珠沙華燃ゆ王の墳

棗の実垂るる白雲泛ぶ日も

神鶏の駈け出し布留の秋深む

布留ノ明神

菊の前水のごとくに言満つる

草じらみ抓んで落す古墳径

葡萄食む耶蘇の復活信じては

駝鳥のつと顔突き合はせ高き天

佇(た)つほどに追分宿の露まみれ

鶏頭の青き大気を摑みとる

秩父　五句

胡桃ざぶと桶に浸して峡の寺

道祖神(さえのかみ)冬の近づく構へせよ

えいつと声挙げこんにやく玉の大

立冬の暾(ひ)がぽつかりと山を越す

冬ざくらしだれては白汝が肩に

胞衣(えな)塚やさくら落葉の幾重にも

西山荘

柚子の村岐れて道のまた合へり

勝頼の行縢（むかばき）白き菊匂ふ　　笠間稲荷、菊人形あり

冬簾ばさばさわめき苫の婆娑か

満月のやうなる餅が二十来し

雪卍さても雑炊お代りす

伽羅を炷く

平成五年

雷神の金色（きん）の太鼓も寒の入　　浅草

その白さ満たし寒九の土間障子

大根干す出雲の子守唄歌ひ

山芋を擂りつつ今宵星降らす

夜神楽のそのまま雪となりにけり

堪へきれず中洲の雪の流れ出す

眠る山醒まさんとして大焚火

鶴の舞ふ几帳一竿雪もよひ

柊家　三句

嵯峨面を懸けて雪降る京の宿

雪冷えの夜も香を炷(た)く京(みやこ)にて

雪ひらひらサンタマリアの鐘を打つ

妙心寺塔頭春光院

明日立春湯気直上の露天風呂

弥陀のごと坐つてをれば東風おこる

花乱吹(ふぶ)くなり牛買と牛の背に

握り飯の芯に梅干涅槃西風

外燈をつけかへてより朧なる
潮鳴りを聴くべく土筆背伸びす
土筆々々二人の愛を見とどけし
噴水のはたと止みけり春の雲
堅香子の飛びたつ構へして寺領
道祖神（さえのかみ）野焼けむりに噎（む）せるなよ
牛買ひの帰ると春の雪降れり
涅槃仏夜は潮鳴りとなりにけり
春の鳥な鳴きそ水脈（みお）の片寄れば
蛇穴を出るとき天地青からむ
温泉（ゆ）の口の石焦げてをり朝ざくら

誕生仏外陣(げじん)に据ゑて花三分

木の芽和古仏の話なんどして

胞衣(えな)塚にさくら花びら幾重にも

沢芹をやはらに茹でて母忌日

母の忌はいつも雨降る木の芽時

欅の瘤太るさへづりつづく日の

木苺の花の荒(さ)びつつ核家族

伽羅を炷(た)く五月母と娘(こ)対き合うて

日を乱す意志ともなくて罌粟の揺(ゆれ)

脳細胞何千死せる重梅雨に

伽羅を炷く香炉移しぬ梅雨晴間

青面金剛もつとも忿る木下闇

ごとごとと船橋の音麦の秋

天ノ邪鬼はいつも負ひ目か短夜も

梅雨も明けむ薬師真言誦(ず)しをれば

秩父十三番札所慈眼寺
二句

ぶつかき飴の白さ甘さの梅雨曇

里宮に媛を勧請(かんじょう)ほととぎす

草刈りしあと一本の百合残す

唄ひつつ菜種打つなりわが家郷

全身を赤めて天ノ邪鬼暑き

百姓の生まれとあれば喜雨仰ぐ

楸邨も過客のひとり猫の子も

楸邨先生逝く、「百代
の過客しんがりに猫の
子も」あり

米櫃に米なだれこむ台風圏

鳴くほどに藪蚊泛きたつ一茶墓

かなしみて一茶も南瓜くらひしか

みすずかる信濃坂道青嶺道

ほととぎす鳴かせ給ふぞ手力男(たぢからお)命
戸隠神社奥社、手力男ノ命を祀る

稲雀尻吹かれざま古戦場
川中島

視られてはその赤に瘦す曼珠沙華

待宵の香炷(た)いて書を習ひ出す

鈴振つて黒尉月に舞ひだすも

鵙きりきり鳴いて父母恋しいぞ

高鶏頭母屋に厩残したる

花蕎麦に囲まれ村の駐在所

大口の真神（まかみ）朝霧吐き出だす　　秩父三峯神社　三句

神の利益（りやく）あるべし蜻蛉泛くからは

一山露女獅子己を誘ひ出す　　獅子舞あり

ゆさゆさと薄担いで子の家へ

唐辛子干す婆子守唄歌ひ

鱗雲投げ餅のいま始まるか

襖障子へだて鈴虫鳴きにけり

まづたのむ椎の実探す椎が下　　幻住庵址、「まづたのむ椎の木もあり夏木立」の碑あり

船廊下の高さを風の赤蜻蛉　　竹生島　三句

一島の秋切りはなつ艫綱は

離(さ)かるほど炎(ほ)と燃ゆ島の曼珠沙華

野菊道双体道祖神探す

誇りもて馬鈴薯海峡渡りしか

北海道より男爵薯送らる

豊の秋神楽鈴をば鳴らさばや

風神の眥(まなじり)吊つて野分だつ

京都、三十三間堂

萩幾重嵯峨のみ寺の写経済む

暾(ひ)燦々胸張つて鹿影もうごく

奈良

過去帳をひらく大和の菊日和

陵守りの草じらみつけ戻りたる

濁(じょく)世(せ)とて綿虫死せり掌の中に

朝な朝な山雀に向き挨拶す

月を待つ鈴虫籠も外（と）に出だし

見はるかす稲田金色古墳村　　さきたま古墳群

墳（つか）周濠真鴨重さのまま着水

鶏鳴をうしろに秋の里神楽　　さきたま資料館　三句

狐が配る餅は紅白豊の秋

おしろいの種のはじける神楽後

沁み透る新湯（さらゆ）の熱さ十三夜

赤米を炊いて立冬間近かなる

唐辛子の赤が突ッ立ち雨気配

琵琶抱ける弁財天か時雨だす

冬むざと猪に乗りたる麻利支天

西郷どんの厚き胸あり大師走　上野

さびしさを言葉に落とし明日冬至

一陽来復京の柴漬ぱりぱり噛む

足踏みして大猪鍋の煮ゆる待つ

牡鹿駈くれば

平成六年

初日の出待つ浜焚火囲みつつ　伊豆河津

妻しかとゐて東海の初日の出

誕生仏の右手天指す淑気かな

大理石（マーブル）の柱直立寒九早や　迎賓館（旧赤坂離宮）二句

冬陣々ゴブラン織の鹿跳ねて

夜の雪しんしん土鈴振るからに

凍て土をかばかば踏んで年神来

神楽後真に酔ひたる大蛇役

枯蟷螂せつぱ詰まつて動き出す

牡丹雪吾（あ）を意識する吾（あれ）も居て

まんさくの綻ぶと空水色に

蕗の薹今宵実家に泊まらむか

酒いかがかなモシ春の牡丹雪

涅槃会の遅参の婆は縁端に

春の雪大島紬匂ふかな

鳴るための風紅梅に触れもして

ミディアムに肉を焼くなり朧夜は

大和塔頭一刀彫の雛飾る

東大寺竜松院　二句

雛飾り大和の雨となりにけり

朧夜の牡鹿駈くれば牝鹿また

今宵修二会高張提灯火を入れよ

紙衣着て寧楽（なら）の匂ぞ春の雨

籠松明の火の粉浴びては倖せ来

初夜上堂修二会の闇は四隅より

五体投地の寒さ極まる修二会更け

若狭井汲むかすかな音も春の闇

笙を吹く中若狭井の水運ぶ

咒師の列三度下り来るお水取

千枚の檀（だん）供（く）ひびわれ冴え返る

藪椿の紅こぼしたる磨崖仏

当ノ尾石仏群　七句

干し柿を買ふさへづりの峠道

さへづりや合掌の手は野仏へ

山城の峡田つづきに野火ぼうと

行き行きて弥陀に会ひけり春の山

菜の花の黄の海原や阿弥陀仏

存念の声降らしめて揚雲雀

胸に卍の弥陀聴き給へさへづりを

浄瑠璃寺、九体仏

大き耳は衆生の声を東風の中

紫野の春光入れよ貴人口　京都、聚光院枡床の席

花冷えのここしも利休自刃の間

孤篷庵出る春雲のふくらみと　京都

誰かれの京の消息西行忌

刻満ちてゆく紫雲英野に寝ころべば

フランスパン突立て三月平安に

ふらここに天の青降るわが生地

鼓打て緋桃の散らふ時をしも

つらつら椿しだれても白汚すなよ

白湯飲みて仏書繙く春の宵

寂光の花冷え世界王の墓　高麗王墓

小面の唇（くち）の開きも鳥曇

尼寺の菫痩せつつ濃き色に　鎌倉

蒲公英の黄の点綴も歌人墓　冷泉為相墓

花ふぶく中の木椅子を畳みたる

春深むほどに地酒の色愛（お）しむ

八十八夜湯ヶ野の里の水の音

光（て）るからに庭一隅の花辛夷

堂前や行法味噌の麻のれん

萩若芽饅頭塚の石平ら　奈良、漢国神社

練供養待つや筍飯食うべ　当麻寺　二句

天ノ邪鬼眉つり上げて南風吹く　金堂

みどりごの熟寝（うまい）鉄線花（てっせんか）むらさきに

手に載せて京の花桐雨気だつ　京都、枳殻邸　二句

一樹高き朴の大輪持仏堂

円座二つみやこの雨を降らしをり　炭屋

病棟のベランダ噴水音昇る　関東逓信病院入院　三句

七夕飾る看護婦（ナース）それぞれ故郷もち

雷鳴の雄々しさ退院前の夜

白雲の去来眩しき夏の紺　橘二百号記念大会

藪蚊どつと島に二神を祀りては

雹降るは天に戻れぬかなしみか

凱風快晴籠に三つの生鮑

諸葛菜のむらさきの海胡蝶の帆

わが家は

あとがき

『酔胡従』につぐ第七句集である。集中、

凱旋門殊に夕焼濃くなりぬ

の句があるので、取って句集名とした。
クリヨン・ホテルを出てコンコルド広場に立つと、まっすぐ向こうに凱旋門が見える。一日、凱旋門上に昇ったが、これはフランス軍の勝利と栄光とを称えて造られ、三十年の歳月を経て一八三六年に完工されたもの。高さは五〇メートル。門上に立つと、当時の義勇軍や兵士達の意気と誇りとが伝わってくるのだった。シャンゼリゼ通りを歩みながら振り返ると、まさに夕焼。凱旋門のうしろの空は刻々と濃くなっていく。フランスの誇りのシンボルたる偉容に胸が熱くなる思いだった。
この句集、平成二年春から六年夏にわたる作品四百二十句を収めた。
ここ数年来、私は自分の生活行動や作句活動において、生き生きとした〝自在性〟の顕現・止揚を願っている。自由自在に振舞いながらも、その実存性の発揮を目指すのである。句においても、その素材・発想・表現・季語・切れ字の自在性の発揚を目指す。

ということで、この〝自在性〟の発揮のためには、句の定型意識をしっかと持ちながらも、破調句もどしどし作るべきだと主張している。すなわち、字余りなどのほかに、句またがりの作品の活用を意図し、実践を目指す。複雑多岐な現代の世界・実相を過不足なく表出するためには、この句またがりの手法こそ活かすべきだと考えているのだ。

主宰誌「橘」も、着実に発展しすばらしい作家が輩出して来ているのは、頼もしい限りである。

いま、わが家の山茱萸もほころび、沈丁花の蕾もはじけんばかり。朝な朝なひよどりが来ては鳴く。自然の明るさ、充実さを喜ぶ今日此頃である。

終りに、美事な装幀をしてくださった藤川喜也氏、出版に尽力していただいた本阿弥書店の室岡秀雄社長・中村美和子の諸氏に感謝する次第である。

平成八年三月一日

橘山房にて　松本　旭

浮舟（うきふね）

平成十四年六月十日
本阿弥書店
四六判　上製函入　二三四頁
定価　三〇〇〇円
収録句数　四〇六句

土偶の乳房

平成六年

そのまろき土偶の乳房爽やかに

蓑虫のいちにち吹かれ父呼ぶか

鳴るたびに墳山秋の風真白

露を踏む足汚すことうれしうて

馬交(さか)る時の恍惚棗の下

秋風鈴ちよいと突ついてはづしけり

カナダ行 四句
ナイヤガラ瀑布

滝轟と神の意志なる水つぶて

レーク・ルイーズ

ハチドリの羽ばたき秋の花車

風の秋木(こ)伝(づと)ふ栗鼠の軽(かろ)しとも

氷河の水嚥めば古代の高き天　コロンビア大氷原

文化財の聚落（むら）の十戸も芋茎干す

減食の決意石榴の実をほぐす

鱈買うて帰る減食二日目の

蘭の香のまだ胸の辺にその夜も

野の神が宿る槻の木初黄葉　近江行　七句

秋深み菩薩一歩の右足を　渡岸寺

秋玲瓏観音口に紅刷きて

観音の村とて添水高鳴りす

づかづかと穭田踏むと日の匂

観音道日ねもす鵙がまくしたて

高稲架の雀弾けて脇往還

汝が影の蒼きそのまま穴まどひ

奈良正倉院展　二句

柄香炉の獅子振りかへる秋風裡

楽舞用馬頭

秋の気を吸へり馬頭の大き鼻

露の朝奈良の茶粥はさらさらと

秋を山鳩ポッポクックと勅願寺

肌理（きめ）粗しおらが国さの湯豆腐は

かつかつと薪を割るなり武家屋敷

綿虫を見失ふとき海の紺

枯芙蓉触るればざざと種こぼす

曝されて蟷螂枯るる双子墳

神仏混淆しだれ綻ぶ冬ざくら

鮟鱇の吊られ浮世のきしみ出す

枯木渺茫鷹匠ここに死せりけり

本堂に煤竹えいと運び込む

海渡るごと冬至湯の柚子寄り来

智眼もて

平成七年

天狼星（シリウス）の青をひきつつ去年今年

晩平柚（ゆ）の淡白を愛（お）す三日にて

端々（はつはつ）の利島新島初霞

拱（たむだ）くと水仙匂ふ母生家

七草粥食べも得せずに出かけたる

風邪神のひれ伏すまではたぢろがず

牡鹿牝鹿駈くると牡丹雪舞はす

奈良行　九句

天邪鬼おしひしやがれて雪もよひ

戒壇院

智眼もて観音雪の世界視る

三月堂

小豆粥鹿の鳴く声すぐそこに

小豆粥すなはち大和さえざえと

大和晴朗粥の小豆をこぼしもす

格子戸に身代り猿を提げ真冬

飛火野やひらひら揚がる一つ凧

閻魔王一喝さても寒の晴

白毫寺

牡丹の芽しかとつんざくわが生地
野火駈けよ盆地の眠り覚ますべく
半蔀（はじとみ）を上げ侘助の白さ増す
海女小屋に紅梅一枝挿されたる
院主と会ふ稚（わか）さへづりの下にして
　　妻沼、歓喜院

土手下りて野焼の男等にまじる
名を惜しむ春雪胸に受けとめて
花種のさらさら動く袋中
親豚子豚黒のまん丸春疾風
春雪霏々ここしも利休自刃の間
　　京都、聚光院

木の芽風大山祇神（おおやまつみ）は摂社にて

源泉のぼこぼこ桜蕊降る日

信濃山田温泉　五句

一村に七湯ありて雉子鳴く

残雪の嵩六尺の湯ノ薬師

法螺貝をボウと一山霞み出す

ここ源泉子宝の湯ぞ木の芽風

敵味方供養の塚や花菫

島遠み明日を予約の春夕焼

長崎行　十句

神将のかつと瞠（みひら）き梅雨滂沱

平戸、フランシスコザビエル聖堂

島薫風胸に祷りの手を置けば

ザビエル像

薔薇真紅クルス右手にかざしては

枇杷の実の粒々青き殉教地

平戸観光資料館　二句

真夏日や人別帳の端汚れ

南風ジャガタラ文を読みくだす

根獅子聚落

桑の実の飽くまで黒き耶蘇部落

篠竹のざんばら立ちも早島

長崎、グラバー邸

港よりのぼる船笛薄暑光

大浦天主堂

懺悔室とざされてをり濃紫陽花

二十六聖人殉教碑

天国(ハライソ)を恋ふる瞳涼し足垂れて

わが家かな筍飯をかつこんで

粒蕎麦をさらさら食ふも青葉季(どき)

トルコ桔梗のむらさき真夏透明に

奈良　八句

若宮の方にて青葉木菟呼べり

大和夕焼一ノ鳥居の笠木にも

南風なぶる時しも弥勒泣かむとす　日本仏教美術名宝展三句

青不動汝が身を焦がす五月いま

牡丹香を嗅ぐため四天髭のばす　当麻寺持国天

花卯木この道伊賀へ通ずるか

五月さへづり天へ天へと火葬塚　太安麻呂墓

花薊御陵の日暮漂はす

独鈷鈴鳴らし訪ふ竹の秋　京都、源光院

新生姜ぷちりと嚙みて充実感

川遠（とお）白（じろ）丘の起伏の麦の秋

麦秋の水満たしたる大薬罐

わが胸に青さ点さむ峡螢

金魚大王死せり風止むからに

心太すすり合うては変声期

風べうと三つ並びし蟻地獄

炮烙師のぱたと団扇を打ちをさむ

たまゆらも澄むかなかなや神坐(ま)せば

秩父三峰神社　七句

青嶺山彦呼ぶか尊の右の手は

山頂、日本武尊像あり

神奈備の暁ヶ一声のほととぎす

冠の垂纓揺れて今朝の秋

本殿祈願祭

さはやかに朝の奥宮遥拝す

一山露朝の柏手ひびかせて

光（かげ）降らす神領民家紫苑生ひ
桔梗の花一（ひと）叢（むら）の関所跡

栃本関址　二句

野菊繚乱雁坂道はここよりす
夫婦和合つるりと剝けて白桃は
銀もくせい少し眠たうなりにけり
新涼の弥陀仏拝みては仏心
鱗雲味噌蔵大戸ぎしと開け

信濃行　十一句

味噌の精息づく樽や秋旱
粗（あら）塩（しお）のひりりと舌に秋の暮
足軽長屋風船かづら揺れ募る
高桐の実のからからと一茶の居

高山村、久保田家

牛舐める塩こぼれをり高き天　山田牧場

滝不動(ふどう)明王野菊を撓むほど手向け

胡桃一気につぶす正則無念の地　福島正則屋敷跡

信濃では丸茄子食うて太るぞよ　一茶ばりに

毬栗に日がほかほかと一茶の地　小布施　二句

北斎閑居高さを自負の藤ばかま

矮鶏の群吹かれて移る秋天下

曼珠沙華緋の点綴も温泉(いでゆ)口

次郎柿並べて二つ書に倦みし

小山田の端ただれたる稲架夕日

塔心礎沙羅はか黒き実をこぼす　陸奥国分寺跡

向拝（ごはい）柱の優曇華さても曇り出す　　白山権現

豆打（ずんだ）餅の萌黄の色も鵙日和

昨日（きぞ）ひと夜初雪嶺々に撒き散らす　　秋保温泉

柿百顆ちりばむ城下町はづれ　　下野結城

むくの実の落ちても匂ふ武将墓

ま冬艶やか結城紬の財布買ふ

月下弦冬潮騒の夜もすがら　　町春草さん逝く。折しも伊豆河津にて

大欅伐られ北風逃げゆくよ

樽柿を啖（くら）ふ祭の帰るさに

雪雲を仰ぐ神橋渡り終へ　　日光　四句

風花のひらひら神馬引き出だす

薬師ノ湯曙どきの雪五寸　奥日光

氷柱百湯気に巻かるる元湯小屋

こんにゃくの焦げ色黒き神楽宿

ずつしりと猪肉日向（ひゅうが）より届く

猪鍋に日向の噂なんどして

極月の津ノ守坂の濃夕焼

マルメロの重みや数へ日の日暮

一つの自信　平成八年

指の渦しかと初日にかざしみる

花びら餅風やはらかな五日早や

蟷螂の枯れつくしては怒涛音

牡丹雪伽羅の名木炷（た）きしめよ

左義長の餅ふうふうと吹いて食ふ

春の朝矮鶏の卵を採り出さむ

若東風へ埴輪男ノ子は太刀抜くか

南禅寺豆腐なめらか梅日和

北川千代さんより南禅寺豆腐届く

凱風や麓めぐらす竹の秋

榧風呂に温泉（ゆ）が落ちてゐる百千鳥

湯ヶ野、福田屋

共同風呂は村びとのもの揚雲雀

潮の香へ水木は花を持ちたがる

潮騒の中にて夫婦雛飾る

河津、今井荘

雛あられ筐に配る伊豆の宿

青面金剛いつも忿つて草萌ゆる

笹鳴きの朝和服に着換へをり

春一番生くる証の拇印押す

月朧北国地酒酌み交はす

東京にジゼル観し夜のあたたかき

バレー「ジゼル」

春暁の竹一幹の青さかな

連休の終り楓の蕊降らす

揚雲雀水めぐらして女神坐す

誇ることが一つの自信百千鳥

鳴くこともさびしきものと亀泛けり

牧水伝読む嵯峨沢の春の宵　伊豆、嵯峨沢館

松蟬の鳴き弘法忌近づける

雀の子道渡りきる関所跡　元箱根　四句

桟橋の突き出て首夏の白き雲

舟去にしあとの漣五月富士　竜宮殿　二句

五月闇吊燈籠に灯を点せ

泛く桶に海女の姿待ついまし待つ　鳥羽

桶海女の笛吹く天を見ては吹く

赤潮は神の怒りか風も死し　二見ヶ浦

アルプスの水配らるる田植時　安曇野

捨苗の尖反りかへる高曇

無医村の枇杷の実熟るる匂して

古塚の端こぼちたり麦の秋

妻恋ひの栗鼠鳴く樹上青嵐　　鎌倉　四句

鴨足草の根方水音して寺領

土牢に真夏の旋風（つむじ）突き当たる　　鎌倉宮

将軍の墓の小ささ日雷　　頼朝墓

濃薊に日暮そのまま漂はす

夏も金色（こんじき）その身にまとひ誕生仏

五月の香炷（た）かれて血天井仰ぐ

熊ン蜂ブンとはじけて方丈に

泣弥勒横顔南風に嬲らせて

京（みやこ）にてぐつぐつ夏の鰻（う）雑炊
花合歓の下もののふの墓六基
蜩の澄むほど青し夜叉像は　日光、家光御廟　二句
涼しさや迦陵頻伽は笙を吹き　本殿、天蓋あり
強き酒飲んで土用に耐ふるかな
寝不足を肩に突ン出し梅を干す
浮舟に手向けむ南風の鐘一打　三室戸寺。「浮舟古蹟」あり
あはれからまるへくそかづらよ石仏　蜻蛉遺跡
咲残す山吹一花濃き色を　総角遺跡
山荘の露台（バルコニー）にて星探す
腕組んで滝と対峙す負けまじと

免罪符たらず青大将のがしても

三界万霊青柿一つ供へたる

秩父、四万部寺

交みたる蝗凝然たる刻を

四番札所背高紫苑大揺れに

潺々と水奔らせて萩いく重

野葡萄の重さ掌に置き暮兆す

笈摺の白さ漂ふ秋の暮

走らねば日が沈むぞよ大花野

会ふためか岐れて秋の滝三筋

三十四番札所水潜寺
二句

端正に菊酒くくみ母の里

生飯（さば）台に飯粒乾く秋天下

黄檗山万福寺

スイス行　七句

菩提樹の実を撒きちらし石畳

瀕死の獅子されど美し秋風裡

ルッツェルン、瀕死のライオン像は、フランス革命に参加せしスイス傭兵の信義と勇気とを示すと

チーズ寝かす小屋キンポウゲめぐらして

グリンデル・ヴァルト

牛鈴（カウベル）の近づく音す大花野

牢獄への固き階段冷やかに

シヨン城、志士ボニヴァルが投ぜられし地下牢獄あり

首枷の鉄触れて鳴る秋の暮

マロニエの実や橋詰めの古本屋（ブキニスト）

パリ

手の平にずんと秋繭光り出す

秋繭のいのちかさかさ振れば鳴る

野紺菊風を載すると更に紺

若狭・丹波行　十一句

刈田焼く五湖の一湖を傍（かたえ）にし

美(は)しきかも若狭晩稲(おくて)の穂に出でて

半蔀(はじとみ)上げ外陣に秋の声満たす　神宮寺

晴るるほど瀬を速みつつ萩七重　鵜ノ瀬

飛ぶからにその身真紅の秋あかね

風を傷(いた)み若狭野菊の靡くかな

風の秋胸艶めくは古仏にて　羽賀寺

小鳥らの呼び声いく重歌塚に　元伊勢、和泉式部歌塚あり

干し小豆ぷちりとはじけては丹波

太夫首塚一途に垂るる時雨雲　安寿寺

面影の女人清水の萩にしも　天ノ橋立、和泉式部詠みし磯清水あり

田じまひのぼた餅たんと食うて寝る

熟れ柿のほたりと落ちて地平見ゆ

許容量の水嵩にして冬大沼(ぬ)

綿虫のふはつと逸れて日まみれに

枯れゆくもののいのちの音す平家村

白鳥の白の輪郭漣(なみ)の上

几帳の地(ぢ)は古代むらさき冬凜と

地卵の重さたしかめゐて師走

寒気団南下小鼓打つからに

牡丹焚く女神まします場(にわ)にしも

小鼓を指もてはじき雪卍

冬桟橋三人こぼして船発てり

芦ノ湖

雪蛍宙に摑むと日の没るよ

かんじきを壁に懸けたるまま睡る

マスクしてがんじがらめの夜とゐる

竪琴弾けば

平成九年

松のことは松に習はむ初茜

破魔矢もて青き天狼星（シリウス）しかと指す

島に撒く餅の白さよ山始

狭心症、入院三日にして退院す

退院す雪の降る日のうれしうて

退院か更に濃くなる牡丹雪

明けの明星寒の口笛ぴゆうと吹く

北風をどる街のピザパイ大口に

白梅紅梅枝交はし合ふ天（あめ）が下

金婚の祝

主治医まで寒餅搗いて届けけり

紅梅や女人の願こまやかに

高城寺、女人のみにて建てし庚申塔あり

身を持して二月六粒の薬飲む

腹這へば梅が香のつと匂ふかな

八大竜王島守り給へ春北風

連翹の綻ぶと空水色に

公達の死や連翹の濃き撓（しない）

屋島、佐藤継信墓

塩辛の仕上がるほどの桜季（どき）

花三分胸張つて嬰（こ）の知恵づくよ

シベリウスの曲の流れて柳絮とぶ

ものぐるひの保名(やすな)花菜の眩しさに　歌舞伎観劇

当ノ尾の峠細道蓬みち

若東風や駄菓子ねぢりン棒がよき

駄菓子卸(おろ)しに村々まはる揚雲雀　かつて友は

獅子岩の吼えると沖の霞み出す

下(しも)の毛を剃られてをれば花冷えす　四月、再入院

寝返つてまた花冷えのしづけさを

病室のベッド一角より春暁

退院する日しも桜の吹雪かな

花惜しみいのちを惜しみ天(あめ)が下

和服をば着るが楽しと落花踏む

鳥交る雑木林のその奥も

白の美の極限一重山吹は

清明の羽の全開恋孔雀

兄弟（おとと）風車きらきらまはしあふ

花木付子（きぶし）村に残れる子守唄

菜の花の黄に塗（まみ）れては寝釈迦仏

河津、涅槃堂

出開帳峡のさへづり高きまま

奈良墨の匂ふやさくら撓ふ夜は

丘おぼろ帰り忘れし鹿二頭

桜月夜わが影を踏み濃きを踏み

ぼうたんの風強ければ窶(やつ)れけり

長屋門に障子一部屋濃山吹

箱根竜宮殿、「桐壺」の部屋に泊まる

御局は桐壺さても初郭公

岬快晴葵の花の列(つら)列(つら)に

美(うま)し国ぞ径を横切る親子雉

松の花寿司の届きし声のして

向日葵の芯の焦げたるまま日暮

カンカン帽ポンと叩いて脇に置く

黒穂の粉ばさと手につく流人島

都忘れの花石(いし)塊(くれ)が童女墓

梅粥の紅さ朝より五月晴

カンナ緋に海へ向きたる社員寮

柿の花外厠もつ大藁家

太陽をとらへむ青き葛の蔓

五月風飛鳥をとめは春（うす）づくよ

鹿児島寿蔵展　三句

南風つのる海の竪琴（たてごと）弾けばなほ

天晴るる齋種（ゆたね）おろしの乙女子に

光（かげ）溜めて沙羅の落花の一、二片

お茶かけて飯流しこむ麦の秋

隣家（となり）の爺（じじ）大声で呼ぶ麦の秋

息三度吹きかけてをり形代に

夏越ノ祓

舞殿に羯鼓一つの大南風

一瀑の音耳底に隠れ里

青嵐平家村とて餅を搗く

潮騒のひねもす松葉牡丹緋に

神の啓示信じて二重虹仰ぐ

野葡萄の青さ固さの宿場口　　信濃追分　五句

里宮や拾ふ軽さの落し文

黍嵐豆腐屋主逝きにしと　　加賀屋

思惟(しゆい)仏きちかう更に濃き色を　　泉洞寺

分去れや緑雨したたる道祖神

深谷の霧が霧押す関所跡　　大笹関所

村は嬬恋赤錆色の合歓の花

オカリナを吹くより霧は大粒に　鹿沢高原
家三日あけて茗荷の花匂ふ
喜雨来るか風一陣のめくれたち
恋螢明滅せずば生きられず
羽抜鶏三歩あゆむもさびしいぞ
野面まで米ばら撒いて施餓鬼僧
白桃の傷つき易きそを愛す
天の川木曽の一宿寝しづまる
流沙朝焼駱駝は首を突き出して　平山郁夫展
大飯を食らひ棚経僧帰る
登高す大津ノ皇子に見ゆべく

上高地　二句

穂高冠雪風べうべうの河童橋

木道の親橋子橋晴れて秋

出雲崎　六句

高稲架に夕日が焦げて出雲崎

海猫（ごめ）帰る日しも岬の海荒れて

かつて天領越の紫苑の高背ィに

踏むからに櫓ふかふか獄門址

邯鄲の声止むまでを佇める

良寛の地や跳びはねてむかご採る

和島村、隆泉院

大愚良寛しかと眠るぞ秋風裡

国上山五合庵

米五合もらふ日々あり初時雨

爽やかに草を結びて誰待つか

山彦の復る故郷(さと)あり枇杷啜る

烏瓜一つ手繰って吉次墓　　壬生、金売吉次墓

菊の香や花眼しづかに瞠(みひら)くと

胡桃割る遠き記憶を追ふごとく

呉汁大盛り聚落(むら)を挙げての田仕舞に

奔ることが水の本性(ほんじょう)北風の中

竹馬の大股歩きして故郷

減食の緑茶飲むなり師走口

天一天上事結着の雪世界

一陽来復夫婦でおろす桐の下駄

横笛

平成十年

武蔵野の初鶏一歩吹かれたる

七草粥すずしろ特にやはらかに

この宿に一茶も泊まる冬夕焼

囃すとき雪手の平に舞ひ込むよ

雪しんしんしん丹波篠山（ささやま）眠りしか

えィやッと鏡餅割る健やかに

綿虫の潔癖なればすぐに死す

幹抱くと冬金剛の男松

桜茶を飲む立春の潮の香に

平曲は屋島の段よ夜の朧

紙雛二つ並べて海女の小屋

菜の花や大島通ひの船通る

孕み鹿神の御(み)恵み濃きあたり

生海胆(うに)や越の銘酒に添へもして

豆打(ずんだ)餅食らうて春の宵千金

啓蟄の二島の間の広さかな

また越ゆる峠もありて西行忌

みどりごに旋毛(つむじ)二つの木の芽風

道了尊　三句

胡蝶ひらひら天狗の足駄朱の色に

小天狗が団扇煽ると花満つる

啄木鳥（けら）つつく音春陰の深まりに

カンツォーネ歌へば春の雪舞ふも　ヴェニチュアン・ガラス美術館

市女笠置かれて天守花の雨　小田原

さくら湯をくくみ雨止む城下町

花しだれこの世の蒼さ漂はす　秩父荒川村静雲寺三句

しだれざくら引けば応へて花冷えす

巡礼のおつるが泣くと花散るか　白久の串人形芝居

折鶴の赤さ弥生の光（かげ）の円

朧夜のとことんラーメン食べあかす

筍をとび越えてより安んづる

春虹の一脚濤の秀（ほ）の上に

春遅々と城下の鐘のまだ鳴らず

連翹を手折る中将姫の忌に

当麻寺

余り苗田の隅に置き雨兆す

村境胡瓜の花の一列に

朝郭公大和の古仏あればなほ

白玉や浮舟の巻読み終へて

蜜湯を汲む方丈の涼しさに

火祭の粗（あら）塩（しお）撒くと大南風

下田寝姿山に愛染堂あり。折しも火祭あり三句

火の砂を渡る炎天息を詰め

修験者の冷酒飲んでより帰る

螢とぶまで横笛を吹き澄ます

遠野五句

痩せぎすの遠野河童は喜雨待つか

雷兆す民話の里の水鳴らし

曲り家の囲炉裏の嬶座梅雨明けまだ

釣瓶井戸ギギと鳴るとき朝焼す

流れ星見ざりき民話村の夜

蟻まどふなかれ文殊(もんじゅ)菩薩の前なれば

天命を知れてんと虫翔(た)つからは

純白の芍薬嗅いでより睡る

貧乏神は愛(は)しきものかも甚平着て

土用太郎おのが力を丹田下

あとがき

『凱旋門』につぐ第八句集である。集中、

白玉や浮舟の巻読み終へて

の句があるので、取って句集名とした。
源氏物語の中でも、宇治十帖の中の「浮舟」は、最も心惹かれる女性だ。その薄幸な生きざま。源氏の義弟八ノ宮の姫君であったはずだが、正式な娘としては認められず、薫大将や匂宮の公達に対して、〝形式的存在〟としての生き方をせざるを得なかった。宇治十帖の七番目が、「浮舟」の巻。浮舟は薫大将と匂宮の二人から愛され、その板ばさみから入水しようとするに至るのだが、その運命に流された孤絶的心情に強く惹かれるのだ。

ここ数年来、わたくしはいろいろな試みをつづけている。

一つは、「句またがり」の積極的使用だ。言うまでもなく定型俳句では、初五または中七で切れる場合が圧倒的で、句またがりは破調として扱われる場合が多い。しかし、現代のように複雑多岐な世相や事象、それに対す複雑微妙な心理や感情をのせて詠み上げるには、この変化ある切り方が必要であり、効果的だと考えるのだ。

もう一つは、一句に活用語を一つも使わないことを心がけている。動詞、形容詞、形容動詞、助動詞などそれぞれ活用があるのだが、中でも動詞、形容詞、形容動詞などは説明的要素が多い。この説明的、解説的な品詞の使用を少なくして、感動を詠い上げようというもの。体言、副詞、感動詞、助詞などの効果、働きをフルに発揮したいと思う。

これらの意図のもとに推敲・整理した作品が多く出ている。常に、何かの目的・意図をもって文学的行動をしたいと考えているのだ。

いま早春。今朝、わが家の庭に出て見ると、白梅が咲き始めている。大きな古木の方は、見上げると、一箇所特に噴き出すように沢山花をつけている。その漂う濃い香り。胸にしずかに湧き上がる力を感じとるのだ。

人生まさに貴重。力強い一歩一歩を進めて行こうと考えている。
終りに、出版に尽力していただいた本阿弥書店の本阿弥秀雄社長・池永由美子の諸氏に感謝する次第である。

平成十四年二月十一日

橘山房にて
松本　旭

楼蘭（ろうらん）

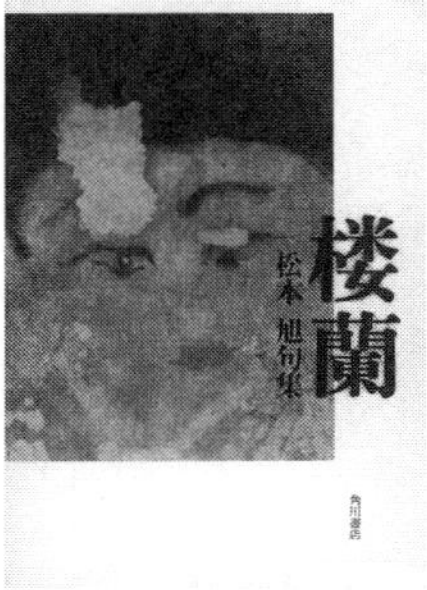

平成十六年六月十日
角川書店
四六判　上製函入　二三四頁
定価　二八〇〇円
収録句数　四一六句

光の焦点

平成十年

八雲たつ出雲は曼珠沙華赫と

葡萄種ぷちととばして墳仰ぐ

瓢垂る天の静けさあるままに

露燦と小諸馬子唄繰り返す

親橋に子橋が蹤いて虫しぐれ

自家製の味噌の甘さも雁渡

花嫁が来るぞ来るぞと引板を引く

螇蚸の上螇蚸が乗って風べうと

これはしも業平塚か小鳥湧く

高音鵙川舟の水搔き出だす

榠樝黄の光（かげ）の焦点旧街道

白木槿落ちて渦なす門跡寺

カプチーノ熱さまろさの明日立冬

藁焚火ぼうつとあがる故郷は

冬鵙のキリキリ帝遠流の地
佐渡 二句

島梟今宵いく度も啼きにけり

寝ても木枯俳人の生きざまは

花八手仕事ぽんぽんはかどる日

屋台歌舞伎の台詞とちると雪気配
秩父夜祭

冷ゆるほど夜祭盆地湧きたつも

夜祭の帰りは雪となりにけり

芋雑炊ほのと酔ひたることなんど

知恵湧くか

平成十一年

出世餅白が匂ふぞ松の内

知恵湧くか寒の蕎麦殻枕して

貧乏ゆるぎ止めよ春雪降るからに

薄氷に日のびんびんと照り返す

雀交(さか)る故郷更に遠ざかり

春禽の糞(まり)こぼれをり力石

河津八幡宮、河津三郎
修練の力石あり

風船の天へ天へと赤の限界

木の股から生まれたる子も卒業す

束子もて仏洗へば霞み出す　柴又帝釈天

寅さんの街草だんご喰らひては

花冷えの猫の睡りも弥陀の前　奈良行　三句

飛火野や鹿立ち上がるとき朧

奈良墨の匂へり花の撓ふ夜の

煩悩の土器(かわらけ)とばす芽木谷へ　京都　神護寺

花冷えすをとこが嘘をつくときは

海光のチカチカ岬(さき)のつくしんぼ

詠はねば心しなふぞ白牡丹

駱駝歩む先は浄土か朧月　平山郁夫展　二句

楼蘭の王女は寐たり春月下

せんべいをばりばり憲法記念の日

紙風船二突き三突きして渡す

蔵書印の赤さの滲(にじみ)晩き春

朝早の妻高声の今日立夏

薫風や朱鷺の嘴(はし)打(う)ち始まると

神坐(ま)せば菖蒲花芯の白更に

明治神宮　二句

杜(もり)を出てより杜に入る黒蟻は

南風颯と護符の六角手に置けば

六日寺　二句

蘇民将来振るほど盆地大薄暑

樫落葉鎌倉古道ここに断(き)れ

植田百畳真ッ芯の余り苗

梔子の花さび非人供養墓

小塚原　回向院

首塚や石榴の花の緋色ただ

宇治団扇浮舟の姿（かげ）泛き立たせ

弟子に呼び戻され冷やし飴を飲む

菫二株午後より曇る廓跡

花木五倍子（きぶし）村に残れる子守唄

蓴（ぬなわ）舟（ぶね）一歩退（しさ）らぬ婆の意地

山形行　七句

葭切に鳴かれて蓴舟廻す

木綿（ゆう）しめを掛けたり梅雨の行者径

湯殿山
「木綿しめ」は修験者の首につける袈裟

迦具（かぐ）土（つち）の神灼けただれ給ひ夏

青蛇の脱皮ぞ神の使者たれば

尺蠖の尺をとらねばさびしけれ

こけしの唇(くち)ほんに小さし出羽南風

瓦葺く声を掛け合ひ今日土用

土用日輪ほつかと炎えて一里塚

西ヶ原一里塚

山荘に六方を踏む男かな

興じては——

噛みしめる菱の実ざざと風が鳴り

長き夜のさはれ偏(へん)付(つき)遊びして

「偏付遊び」は漢字の旁に偏をつけたり、偏に旁をつけたりする遊び

威し銃また鳴る風の城下町

松茸飯食ふほど年齢(とし)の若くなる

一椀の呉(ご)汁(じる)その夜は母が国

鵙の晴フランス料理予約して

鉄砲狭間燦めく先の播磨秋　姫路城

城曲輪金もくせいの香にまみれ

観音径まゆみの紅の弾けては

弁慶の机が置かれ鵙猛る　書写山円教寺　三句

歌塚や萩のうねりの露こぼし　和泉式部歌塚

秋の幸満たす袋か大黒天　鶴林寺

天高き松原の道舞子道

敦盛の笛ぞも秋の風其処に　須磨寺

尾つながる蜻蛉まつ赤ぞ首塚は

国生みの島か淡路の秋風裡

秋簾立てて地卵売り出だす

山の芋さげ道祖神前通る

仰ぐほど柿ちりばめてお鷹道

国分寺

充ち足りて栗落ちにけり日の出前

山神のその意畏み郁子熟るる

鳰潜(かず)く非業の皇子(みこ)の死を思(も)へば

鳰いくど潜(かず)く入間路曇りつつ

花石蕗の三段五段日暮れだつ

はぐれ鴨ふり返るとき暮色急

水潜く陣外れたる雄鴨は

初木枯その夜は誰も訪ね来ず

欲求不満くるくる巻きに冬栄螺

桜月夜

平成十二年

五日早や弥陀のみ膝の牡丹雪

枯葦のいのちの音す拱(たむだ)けば

海鼠より腸抜くとかなしかり

寝酒にはワインと決めて雪もよひ

菅笠に雪舞はせては露天風呂

宝川温泉　四句

起てば雪更に濃くなる露天風呂

雪五尺子宝薬師閉ざされて

鹿の肉煮え立ち夜の雪卍

朝風呂の熱かり氷柱三尺に

鴈治郎のお半豆撒く舞台より

歌舞伎座「桂川連理之柵」、終って豆撒あり

あられ餅揚げてやろかと寒の明(あけ)

日に三度わが身かへりみ春田打つ

みそなはす女神の聚落(むら)も揚雲雀

東風の橋渡つて二つ曾我の里

潮の香の蜑(あま)家(や)二つの坐り雛

生々流転この世は桜月夜かな

塩まみれ東風まみれなる地蔵尊

源覚寺

終ひ湯も楽しきものぞ朧にて

七歩の才われにも欲しや春嵐

白れんや投込み寺の寂光裡

花冷えの日暮色なる遊女墓　　春慶院

御(み)神楽の舞の単調朧月　　秩父荒川村　花祭

花びらを散らし夜神楽まだつづく

緑雨いまいのちの音か後円墳　　埼玉古墳群　二句

嘴(くち)とがる水鳥埴輪若葉雨

桑の実を食らひ悪餓鬼たりしかな

法要を終はり円座を片づける

梅雨晴間旅の鞄は黒が好き

地球儀をぐるりとまはし夏至の日ぞ

麦笛を一吹きしては子に渡す

大声の背戸から入り来麦の秋

羽抜鶏縁の下より弾け出る

蜩や桶に満たせる山清水　　土湯温泉〝里の湯〟

大口の真神霧吐く神領地　　秩父三峯神社

すでに秋意こげらの声のたたみかけ

涸（かわ）きつつ信玄墓所の蟻地獄　　甲州　恵林寺　三句

法螺貝の紐大房の残暑かな

庫裡涼し対の湯釜をデンと据ゑ

甚平の軽さ鬼城と取組まむ

魳（かます）とは口とんがりの秋風裡

新米を届けに来たり月の出の

虫は鈴虫嶺の夕雲乗り出して
蕎麦の実の七打ち八打ち晴れ上がる
高西風のからから唐箕まはり出す
妻と対のガウンブルーに十三夜
露燦と観音道は畷道

山背古道行　二十二句
山背古道は、南山城の山際を貫く道。
奈良・京都の交通路の一つであった。
大御堂観音寺　四句

穭田の一途の青さ勅願寺
初音鵙水瓶（すいびょう）の御手光らせて

国宝十一面観音

古仏見し胸のほてりを萩の前
地祇神や新酒（あらき）の盃を胸元に

地祇神社祭礼　三句

神饌の稲穂重たく翳したる
子どもらの神輿かついで刈田道

紫苑高背(たかぜい)ここより古道北上す

山背(やましろ)古道稔り田金ンの匂もつ

曼珠沙華朱の点綴も高曇

岐神(くなどかみ)拝めば稲の香のどつと

小田の隅試し刈りして西晴るる

黄鶺鴒井手の玉川瀬を速み

井手ノ玉川　二句

天井川とて山吹の帰り花

籾殻焼く二上山をば遠く見て

竹落葉渦なす諸兄(もろえ)別業地

左大臣橘諸兄古蹟

真情の性(さが)か背高泡立草

榠樝実に風は古道の形(なり)に沿ひ

青北風や盛り塩を置く小町塚　小野小町墓

山門に銀杏ぷちと踏みつぶす　地蔵禅院

古道いま跳ばむと蝗息溜むる

弾けては風を旋らす石榴の実

鵙一声瑞穂国原晴れ上がる

霊験譚さても白萩大揺れに　蟹満寺

一休納豆しくりと噛めば秋の風　酬恩庵（一休寺）

金輪際鵙が睨んで阿弥陀仏　宇治　三句

しだれ萩宇治の川水逆巻くに

橋姫や白さきはまる花木槿

竹筆を寺に購めむ鶺日和　京都　曼珠院

ひやひやと堂に白緒の下駄二足

弥陀の膝馬追（すいと）のひげのそよろとす

比叡山延暦寺　横川ノ中堂　二句

鐘撞いて山中さらに高き天

西塔

蟬丸を東国（あずま）に祀り鵯しきり

王子神社

初時雨来るか狐の穴のぞき

夜気ほのと動くま冬の琵琶に触れ

京都〝吉兆〟

阿古屋塚拝むと泛ぶ綿虫は

六波羅蜜寺　二句

金鼓（こんく）打つてをどるか空也北風の日も

空也上人像

出雲系住みつきし村木の実降る

大気澱（おり）たつぷり吸ふか冬鯰

冬将軍何の構への雨降らす

通草の実手渡すときの日昏れ色

大飯を二杯勤労感謝の日

一陽来復水乱反射して奔る

踊る埴輪

平成十三年

伐折羅（ばさら）大将三日の雪を降らしめよ

原泉の櫓輪飾り掛け出湯

白粥のぐつぐつ寒気団南下

さざえの身ゑぐり出したり雪もよひ

あえかなる思雪片手に置けば

雪霏々と一途に故郷（くに）を恋へばなほ

ふるさとを愛しむ人を雪裏(つつ)む

河豚骨の唐揚さても夜が濃き

飯食ひ虫健在にして寒土用

自らを笑ふ

瞽女唄のかなしかりけり冴え返る

清明や踊る埴輪の影も濃き

菜飯田楽故旧は忘じがたきかな

花菜香の筋いくへにも杜国の地

杜国いま春の雨音諳(そら)んじよ

潮音寺、杜国の墓あり
三句

琵琶一つ早咲き桜添へもして

岬道どこへ出でても花の雨

こんなにも月の大きさ春の宵

しかすがに吾(あれ)は人の子揚雲雀

さくらさくら誰もこの下二度通る

落花いま青面金剛噎(むせ)ぶなよ

花冷えす神楽太鼓の一打ちも

鈿女命(うずめのみこと)舞へば夜ざくら散りにけり

大山祇(おおやまつみ)神餅撒き薪神楽(たきぎかぐら)終ふ

釈迦の前桜蕊降るまたも降る

平林寺　六句

網代笠柱に掛けて百千鳥

齋座(さいざ)鐘鳴ればさへづり昂(たかぶ)るか

「齋座」は禅寺の昼食

若葉径作務衣の僧とすれちがふ

ほつほつと早蕨光(かげ)の渦まとひ

鳥交る風の撓ひのある中に

桜月夜牡鹿は呼吸（いき）を充たしつつ

墨の香の濃きを愛でては今日穀雨

蟻の胴くびれこの春深むのみ

亀鳴くと教へし人を親しめる

牡丹萎（な）ゆ押売電話つづく日の

撓ふほど空が軋むぞ竹の秋

農夫の眼きらきらとして今日芒種

草刈つて行くより蛍こぼれけり

鉄瓶のしゆんしゆん鳴つて雷兆す

巡礼の泉に浸す両の手を

純白の芍薬嗅いでより睡る

滝音のあふれて天つ日を翳（かざ）す

太郎より次郎背高麦の秋

麦刈の一枚残し雷兆す

半夏生父子の会話さらりとす

雷来るかジャンボカツレツ食べ残す

甘酒は瀬戸碗野面きらきらと

朝曇天狗の鼻もうごめくか

羽抜鶏とぼけて走る追はれては

ま四角に畑まはつて羽抜鶏

一途とは鬨（とき）をつくりし羽抜鶏

ぽつかりと雲が湧いてる新松子

朗読は大原御幸（おはらごこう）よ短夜の

あめんぼの高尻にして旅終る

電波時計のソナタ涼しきオルゴール

免罪符たらず青大将逃しても

鳳仙花だァれも見えない隣ン家（ち）

紫苑揺れ〝水の五訓〟を諳（そら）んずる

下野　雲厳寺

十薬の濃きまま匂ふ狐塚

玉藻稲荷

萩いく重撓ひては汝が誕生日

落城史聴くや鶏頭燃えたちて

零余子飯食らひどこそこ身がほぐれ

棗の実地に散りしくと桑名宿

目ざすもの遥けく千の鷹渡す

伊良湖崎

刈萱の揺(ゆれ)天つ日を欺かず

荒神(こうじん)に湯気が届くぞ藷蒸けて

一天冬さても利益(りやく)の観世音

木枯一号下駄の歩巾を大きうす

光(かげ)つれて公孫樹落葉に歩せば影

鬼女の面真向へばこそ虎落笛

日の沈むまでの光ぞ冬ざくら

一陽来復盆地川水ふくれ出す

ひよんと出る妻のくるぶし雪もよひ

茅花風

平成十四年

武蔵野の初鶏一歩吹かれつつ

元旦の野(の)面(づら)双体道祖神

祭神の女神在しまし初凪す

幹に耳当て裸木の声聴かむ

裸木の総身渇きゐたりけり

裸木と呼べば応へて大欅

裸木のこの日夕焼美しき

寝(い)汚(ぎた)なくその身屈めて寒四郎

冬将軍に負けじ腕を振り上げて

豆撒くや後ろから来て妻も撒く

梅が香へ貴公子然と寝てゐたる

木の芽風丘を越しては海の紺

胞衣（えな）塚や春の雨音やはらかく

桜湯を飲む船笛の届く日の

東風そよろ河豚提灯の大口に

梅若塚までは届かず茅花風

紅梅や壱岐のをみなの声やはら

立ち食ひの蕎麦の辛さよ春の宵

皇女（みこ）の墓つらつら椿くれなゐに

ジャック来てかたかた鳴らす春障子

春遅々と島に金比羅祀られて　沼津　淡島

古代とは母の色なる花木五倍子（きぶし）

揚雲雀その身痩せても一里塚　錦田ノ一里塚

白れんの白の奢りや十六夜も

花散るは幾重隆盛終焉地　薩摩行　十三句

芽木どつと南国雀散ることよ

たらちねの遺書の淡墨寒き春　知覧　二句

花冷えす三角兵舎抜け出でて

土筆ほつほつ鑑真の上陸地　坊ノ津　七句

楤の芽つんざく薩摩の国愛（お）しと

番（つがい）燕か密貿易の屋敷跡

かぎろひの石仁王（におう）唐船いく度見し

黍魚子（きびなご）を干すや唐人宿の津に

湾光や黍魚子の銀さらに銀

八重桜夕かたまけて坊ノ津は

花の雨さても天孫降臨地
霧島

信賞必罰ゑぐり出したる春栄螺

藤房をくぐり甘酒茶屋に入る
箱根二句

力餅黄ナ粉まぶせり藤の雨

酒が飲みたうて冗舌明日立夏

天晴るる泉掬みてはまた掬みて

葭切の啼きつつ穹（そら）の青さ降る

葭切やひねもす秩父嶺が見えて

大き耳立て深梅雨の音聴くか　加藤楸邨は――〈九品仏に楸邨墓あり〉

刈草の匂胸まで川曲がる

金剛力士その身真ッ赤に梅雨旱

滝垢離の女いちづに経を誦(ず)す　等々力の滝

山荘にこもりわが爪のびにけり

蛍とぶ静けさあるか弥陀浄土

ホイホイと羽抜鶏追ふ婆の手が

十大弟子みな痩せこけて今朝の秋

すさまじきもの盆過ぎの天の灼(やけ)

白塗の大道芸人跳ねて処暑

確かにも刻きざむ音天の川

むらさきに秋の撓ひも比翼塚

かまきりの風聴く構へわが生家

朝よりのこぼれて弾ねて椎の実は

紫苑のつと何の衒ひもなかりけり

霧触るるまでオカリナを吹き澄ます

野菊いま光り出しては天下茶屋

藤の実の短かさ峠晴れて風

澄めば秋太宰用ひし瀬戸火鉢

御坂峠、太宰治ゆかりの茶店あり　三句

赤とんぼ御幣に止まれ女体社の

河口浅間神社

古墳村みな眠りをり天の川

鼉太鼓(だだいこ)を掠め蜻蛉のきらめくも

東大寺大仏殿開眼一二五〇年慶讃大法要
三句

秋闌けて吾(あ)も結縁(けちえん)の紐を引く

菩提僊那僧正像開眼

腰鼓をば打つて伎楽の童(こ)らも秋

伎楽「獅子奮迅」

讃仏の牡鹿かいまし高鳴きす

鹿の糞こぼれてゐたり窓の下

奈良ホテル

天平の礎石に露のしとどかな

筒井寛秀師宅

まさに極月壺の丸さも完璧に

竜宮殿〝聚楽の間〟
三句

大師走几帳の紐の先よぢれ

ま青なる湖をはめこみ冬至来る

番(つがい)矮鶏(ちゃぼ)追つ駆け合つて日の短か

背山妹山

平成十五年

銘酒「小鼓」舌にまろばし明ヶの春　虚子も愛せし

鳥精進もつ聚落(むら)初日うらうらと　伊豆 河津

汝(な)は鷗(かまめ)いまし三日の海渡る

読初や浮舟の巻高らかに

篝火(かがり)焚く夜のくだちも寒の入

潮満ちて来るらし朝の薺粥

寒波来何のためらひとてもなく

けさ寒九力満たして右手(めて)左手(ゆんで)

回想の海塗りつぶす雪降らし

冴え返る誰もが飢うるものもてば

蹠(あうら)ざらざら節分の青畳

発想は自由公魚尾鰭はね

沖縄　七句
「メンソーレ」は「ようこそ、いらっしゃい」の意

メンソーレさてしも那覇は春ま昼

ガジュマルの気根の十条(とすじ)あたたかに

魔除獅子(シーサー)の眼みひらき東風幾重

今帰仁城跡

城(グスク)石垣つけ根に濃くて花菫

砂糖黍穂に出たからは明日刈らむ

読谷村　ニライビーチ

砂踏めば砂の哭(な)きたる遅日かな

姫百合の塔

太陽(ティーダ)西にただささへづりもなきままに

奈良行　八句

花馬酔木晴れて高円山が見え

さ牡鹿の耳欹（そばだ）てて草萌えす

竜の口春愁を吐く華（け）厳（ごん）磬（けい）　興福寺　二句

竜燈鬼やぶにらみして春深む

伐折羅大将かつと忿つて花冷えす　新薬師寺

春寒のまま夜の香（こう）水（ずい）掌に受くる　二月堂修二会　二句

後夜寒し悔（け）過（か）の声明縷々として

花満つるからにみ仏知恵給ふ

竹籠を編む陽炎の揺（ゆれ）の中

みどりごの臍（ほぞ）が笑つて花嵐

泥つきし筍バサと土間に置く

木蘭のひかりのままにゆれて白

柳絮とぶ縛られ地蔵眼を細め

風光る島の船唄聴くからに

鶏交(つが)ふ眩しさ麦のとがり

麦刈唄酔ふほど酒壺の縁叩く

鹿児島寿蔵作紙塑人形
二句

喜びのピエロ口あけ喜雨来る

端座して有間ノ皇子の涼しき瞳(め)

ひたむきに鬩つくりたる羽抜鶏

知床半島　五句

岬(さき)夕焼鹿の親子の影をしも

蟹酒をくくめば甘し蝦夷の夜は

さびしさの蝦夷鹿十歩夕焼中

山蕗に囲まれ露天湯の匂

鹿の子の跳ねたり霧に追はるると

贋梅雨の桐下駄購む番外地　網走

麦打唄何度胎内にて聴きし　六月二十九日はわが誕生日

鱧鮓や吉野名水添へもして

留守に来て蛍籠をば置いて去る

障(さえ)の神落し文をばご覧(ろう)ぜよ

今朝秋の地霊に洗ひ米を撒く　橘師弟句碑建つるべく

雄鶏の胸張つて視る鳳仙花

青葦へ漣(なみ)が漣押す瑠璃沼は　裏磐梯

沼の澪(みお)青く引きつつホトトギス

濃き萩に霧が触れては会津領　会津若松

まほろばの会津や早稲の穂立ちいま

甘藍のぷちとはじけて宿場口

大内宿　三句

桔梗紺親王(みこ)の下りし聚落(むら)なれば

秋づくとその身光らす岐(くなど)神

白粉花とある藁家のたたずまひ

屯(みやけ)倉(ぐら)ありしてふ道爽やかに

秋刀魚焼く一(ひい)二(ふう)三(みい)と子等がため

地卵は茶色がよけれ秋の風

牡丹を焚いて真砂女を悼みけり

踏み分けて露国原の大和径

奈良行　十一句

さやけくも背山妹(いも)山(やま)対ひ合ふ

萩叢（むら）に露迸（とばし）ると石舞台

朝茶粥吹きさましては小鳥来る

黄昏るる水辺さ牡鹿高鳴くも

媛祀る塚か水引草撓ひ

菊明り女神のおはす由来聴く

若狭井の堅く鎖（さ）されて雁渡

金木犀のかをり盛らばや華籠（けご）の上

涅槃図に目を凝らすとき鵙日和

歌塚や萩のうねりの更にまた

雁渡紬の着物おろしもし

秋風の鳴れり山繭手に置けば

もくせいの香にまみれては屋敷神

たまゆらのいのちを満たす邯鄲は

蜥蜴の死渺々とある海の紺

菊枕火星は赤く中天に

句碑除幕明日ぞ月の出の早き

上尾市立丸山公園に師弟句碑建つ

降神の儀や小鳥らの声増やし

十三夜鯛の骨(こつ)蒸(む)しほぐしては

箱根　竜宮殿

秋風の天上を吹く一里塚

鵙の贄この静けさは神代より

妻が来て初木枯と宣ひし

日々好日ひらくと匂ふ冬牡丹

あとがき

『浮舟』につぐ第九句集である。集中

楼蘭の王女は寐たり春月下

の句があるので、取って句集名とした。

平成四年十月、国立科学博物館の「楼蘭王国と悠久の美女展」で、女性のミイラ像を見ることを得た。この女性は、寝かされたまま悠久の時間を呼吸づいているかのようであった。以後、楼蘭の地へのあこがれが更に強まった。が、到底簡単に行けるようなところではない。

それから七年、平成十一年四月、日本橋「三越」で「平山郁夫展」を見る。そこで楼蘭王女を描いた絵に出会い、七年前の感動と触れ合ってこの句が生まれた。この王女には、「春月」でなければならないし、「寝る」（ねむる、横たわる）でなくて、「寐る」（夢みながらねむる）でなければなるまい。「たり」は、いうまでもなく完了・継続の助動詞だ。

このミイラは、一九八〇に楼蘭王国跡から発掘されたもの。楼蘭王国はタクラマカン砂漠の東端に位置し、シルクロードの要衝として栄えたオアシス国家だ。このミイラは復原された絵によれば、コーカソイド系の女性といわれ、まさしく楼蘭の王女と言ってよく、目がつぶらで、鼻筋の通った美女である。

この句集、平成十年から十五年までの作品を収録した。その間、わたくしは「古語の新生」ということを意識して作句した。言語が時代と共に変わっていくのは、その本質ではあるが、古語のよさも捨てがたい。古語にはその時代を背負った内容と真実とふくらみのある叙情や、やわらかなひびきがあるし、もっとわたくし達は、古語の良さ、美しさを活かすことが大事なのだと思うからだ。

と同時に、『浮舟』からつづいての、「句またがり」「句割れ」の積極的使用だ。現代の複雑な諸相を描くには、定型意識を持ちながらも、こういった手法が活かされるべきだと信じているからである。更に、活用語を一つも使わない句を詠むべく心がけている。動詞、形容詞、形容動詞などの説明的・解説的要素の強くなる品詞を避け、体言、副詞、感動詞、助詞などの働きをフルに発揮したいと考えているのだ。

最近つくづく俳句を作りつづけることの意義と喜びとを感じている。まさに〝悠久の中の一瞬の光〟をとらえ得ることの楽しみである。

今日このごろ、わが家の庭先の牡丹や沈丁花の蕾もぐんとふくらみを増した。光のなかの小鳥の飛翔の影もうれしい。充実した日々をつづけて行こうと、太陽に向かって、わたくしは大きく胸を張る。

終りに、美事な装丁をしてくださった伊藤鑛治氏、出版に尽力いただいた海野謙四郎、鈴木序夫、俵谷晋三の諸氏に感謝する次第である。

平成十六年二月一日

橘山房にて

松本　旭

天恵（てんけい）

平成二十一年五月十五日
本阿弥書店
四六判　上製函入　二三六頁
定価　二九〇〇円
収録句数　四二二句

微笑仏

平成十五年

さやけくも生絹（すずし）の衣の立ち居かな

師弟句碑序幕　三句

師弟の句百刻みては天高き

水音の響まさしく菊日和

郁子垂れて盆地の空の晴れ切るか

性神（をとこがみ）拝んでよりの稲を刈る

鵙の贅結界の風旋らせて

天領の見上げて林檎今し大

枸杞の実の赤さ小ささ殉教地

故郷の遠退いてをり柿食へば

神南備やさてしも暁ヶの露しとど
寝ねて見るこの天の川母亡くて
毬栗に日がほつかりと一茶の地
毬栗を蹴つては峡のしづもるか
獅子柚子を叩けばひびく古代音
山幸彦（やまさち）坐（ま）す柞黄葉の散るなへに

深谷、滝ノ宮神社　二句

菊焚火さらさら尽きる影もまた
湖よりの光ゲ蟷螂の枯れなむと
晩稲（おくて）刈（がり）終へ太陽の大きいぞ
高麗夕映空（から）稲架（はざ）一つづつほどく

高麗郷

今日立冬裾濃（すそご）の紅き几帳据ゑ

箱根竜宮殿　三句

綿虫を湖辺の青と掴みとる

冬月夜湖面ゆらめくものは何(な)ぞ

微(み)笑仏べうべうと鳴る大冬田　　飛鳥寺　二句

枯蟷螂日暮の刻に紛れ込む

初木枯托鉢の僧一列に

耳当てて冬木の独語聴きゐたる

一陽来復汝レが一語の光り出す

一湾の冬雲低し蛭子神

蒼茫と地平の日暮手袋ぬぐ

志高くと説けば綿虫泛く

冬紺青知恵の袋は何色ぞ

潮騒の高まると解く懐手

埴輪戦士

平成十六年

屠蘇の杯まづは捧げむ海神（わたつみ）に　　伊豆河津　三句

薺粥利島（としま）もつとも暾（ひ）が射して

篝焚く夜のしづけさも寒の入

霜柱ぎしりとつぶす武将墓　　修善寺。非業の死遂げし源範頼墓あり

あをによし奈良にしあれば小豆粥

観音のみ恵寧楽（なら）の雪霏々と

出生の地ぞ大粒の牡丹雪　　〝橘ノ里〟はわが生地

梅日和弟子が手打ちの蕎麦届く

ブーメラン手許にもどり冴え返る

風神の臍むき出しのあたたかき

ドイツ帰国展。「風神雷神の図」あり

埴輪戦士胸突き出して花三分

おぼろ夜のさてしも睡小僧来る

弥陀の声聴くべく鹿の子が走る

寧楽陽炎築地三尺をば離れ

花冷えす妻を階下に寝かせては

花冷えのひと夜三たびの妻を看に

四月六日、翠滕捻挫にて動けず　二句

蝌蚪生るる陽のざんぶりと射し込めば

修羅道に堕するな花に溺れても

ハイビスカス手折りし右手血潮さす

沖縄　三句

球根の芽を愛(かな)しむ日基地其処に

琉球の夕焼ふらここ漕ぐからは

王侯の誇か落花全身に

能面を曇らす春の逝くなへに

天つ日の片頬(かたほ)に暑き遠流の地　　隠岐行　十四句

黒木御所虻中空にとどまるか

火葬塚その身ぎらつく島蜥蜴　　後鳥羽院火葬塚

いまし胸染めよ遠流の島夕焼

ほととぎす手形二つの朱の滲(にじみ)　　後鳥羽院置文

駅鈴の鉄尻黒き隠岐南風(みなみ)　　島後、億岐家

振れば鳴る駅鈴島の涼しさへ

悲史の島でで虫角を突ッ立てて

み随身在らずよ島の大薄暑

玉若酢命神社　二句

国つ神寧らふところ恋蛙

清明の鶏鳴かせては海士（あま）部落

走らねば日が沈むぞよ隠岐五月

武悪面の鼻胡坐かく麦の秋

水若酢命神社、郷土館

青葉木菟島の伝説聞くからに

凪は南さてしも四度の拍手を

出雲大社

片岡に阿国（おくに）睡らせ八重うつぎ

出雲ノ阿国墓

阿国を思（も）ふ卯の花月夜なればなほ

かたことと簾の音す閑居して

川一筋突ンぬけていく麦の秋

麦秋や前ン家（ち）までの乾く道

大声の無駄口たたく父の日は

嘗て荘園餌をついばむ羽抜鶏

菊川ノ宿（しゅく）花合歓の濃きままに

まづ兄貴顔出すま夏子狸は

この宿（しゅく）の簾掲げよ水鳴れば

木曾馬籠

空蟬に風はらはらと正樹墓

永昌寺、藤村一族墓所

義仲墓揚羽ゆらめく影を曳き

木曾朝焼一段低き巴墓

徳音寺、義仲菩提寺
二句

たかが泥鰌ぞ手摑みにして見せう

天道虫とびたつときの空無限

ほたるぶくろ何のかなしみ詰めて紅

掛香や水茎の跡うるはしく

島畑のとつぱづれにて麦の秋

麦秋や太郎が島を出てゆく日

井戸神様上がり井戸替終りけり

井戸に入り水底洗ふ人を〝井戸神様〟と呼ぶ

蟻地獄あまりに明き一刻を

ここ天領高燈籠に火を入れよ

防人の聚落(むら)とててんと虫飛翔

桐一葉父出生の右近(うこん)ノ庄

並びては采女の里の晩稲刈

野分だつ風あらあらと鬼棲家

安達ヶ原

手の内を見せずぽりりと大豆食ふ

身を鎧ふ宿命(さだめ)か藁塚(にほ)の立ち通す

鵙忿(いか)る己が声に負けまじと

然(しか)く小春大道芸の人寄せて

背より冷ゆいま性神(をとこがみ)見て来ては

企むかこの夜木枯鳴りどほし

口減らしの少女消えたる島の冬

枇杷の花古道ここより上つ毛へ

鼻尖のひしひし乾き雪来るか

棒鱈を煮るほど甘し風の日も

神を愛す

平成十七年

違ひ棚に一管の笛今朝の春

橋までの距離が百歩の淑気いま

背山より三日の雪がひらひらす

かばかばと土ふくれたつ恵方道

耳痒し盆地の雪の舞ふほどに

甕の腹撫でて寒九の静けさを

寒九の水甘しわが家の汲み井戸は

数へ唄八つになつて春日射す

那覇浅春〝別れ寒さ〟と言はれつつ

沖縄 三句

緋寒桜今帰仁(なきじん)詣(まうで)始まるか
鉄板焼食らひ風邪殿退散す
みちのくの道の白さの西行忌
雪雫ピアノは低き鎮魂曲(レクイエム)
残雪のへりを伝うて露天風呂
春の雪ひらひら伝記書き出せる
さくら八重女ノ神島に祀られて
加部島　二句
揚雲雀島の農家の臼を据ゑ
花を見にまづは貧乏財布もつ
白れんの白の極限大和路は
当ノ尾の峠細道蓬みち

勅願寺花影の暗さいとほしめ

石舞台小蜥蜴天の声聴くか

子雀の群れて弾んで神を愛（を）す

末法の世とかさりとも花万朶

法螺貝をボウと天下の霞み出す

樟若葉翁渡りの粛々と

氷川神社薪能　三句

青葉木菟呼ぶときシテの足拍子

尉の声くぐもればはた五月闇

琅玕のひびきか青き梅こぼす

京都東北院。和泉式部
遺愛の〝軒端の梅〟あり

神楽衣裳衣桁にかけて風薫る

山清水引く民宿の裏口に

ポッペンを鳴らせば島の南風どっと

でで虫の角出すと天痒がるよ

島びとの声の大きさ麦は穂に

かぼちゃの花性悪説に与(くみ)しもし

山百合の旦(あさ)より撓ふ屋敷神

海霧(じり)刻々お吉は海へ何故唄ふ

下田　三句

船笛の鳴れば茉莉花白さ増す

出格子の旅籠二軒の朝曇

われら俗物大切り西瓜かぶりつく

小田刈ると雀が三羽見てをりぬ

おのれより強きを欲りて鵙猛る

そのことの顚末告げよ桐一葉

郷愁の横笛銀河白々と

絹市場立ちし跡とぞ柚子は黄に

仏は思惟この秋風の鳴ればなほ

大釜にうどんぶちこみ野分づく

放屁虫退(しさ)る縁先より晴るる

み仏の意に叶ふべく胡桃垂る

天灼くる最中打出す迎へ鐘　京都珍皇寺〝六道詣〟

朝顔やここらむかしの髑髏町

村長の小手をかざせば小鳥湧く

耕耘機より飛び下りて萩手折る

追分や左手（ゆんで）は萩の大和みち

晴れて秋鈴鹿馬子唄繰り返す

秋風のさやに七里ノ渡跡

雁渡琉球訛聴きたき日

冬近し呉公の鼻の伸びきつて　正倉院展

猿石の陰（ほと）のあらはに青時雨

白桃のまろくかなしくされば白

この娑婆も一蓮托生とんぼ交尾（つる）む

潮鳴るいちにち稲架の焦げくさき

山小屋の主と話す月の出を

かまきりののけぞる白き雲なびき

出生の地よ菊焚火炎(ほ)の五寸

菊焚火過ぎゆくものは蒼さもち

樽柿を食らふ祭の帰るさに

柚子たわわ鎌倉古道右へ逸れ

柿の村王を守りし裔が住み

高麗郷　二句

立冬の寂然として王の墓

闌けて秋文殊は知慧の剣右手に

京都、善峰寺　二句

秋を映す念珠の総(ふさ)のま白さに

桂昌院寄進の水晶念珠あり

つぶらの実いくつ右近ノ橋は

京都御所　六句

呉竹のさ揺るるほどの初時雨

御(み)溝(かは)水(みづ)とつととさても冬気配

滝口に控へ候へ初時雨　嘗て清涼殿東北隅〝滝口ノ陣〟あり

藤壺に日が射し込んで暮の秋

築泥(ついひぢ)に影落としたる御所柿は

九条葱一畝ぬきんで日ィ短か　羅城門跡

亥の子餅小さきがうれし古都にしも

汝が挿頭

平成十八年

松の雪ほたりと落ちてけさの春

恵方へと傾ぐ源泉湯煙は　一月三日より伊豆河津へ　二句

風にしも呼吸(いき)づく梅の固蕾　河津神社。一万・箱王の梅あり

初観音夕かたまけて小雀(こがら)集(よ)る

白内障手術にて入院
二句

百の窓百の灯の寒頂上

術後かな蒼く眩しき雪舞はせ

梟の鳴く夜は妻のやさしうす

こんにやくの固さ黒さの神楽宿

神楽面ぬぎ白息をほうと吐く

笹子鳴く皇子（みこ）の通ひし道なれば

み仏に餅供へたる飛鳥びと

軍鶏の目に何が見えたるま冬凪

聚落（むら）十戸今宵の雪を積もらせて

蜜蠟を点せば雪の降り出すも

左義長の餅ふうふうと食ふ月下

身を持して二月六粒の薬飲む

地（ぢ）の蕎麦は笊（ざる）蕎麦に限ると花三分

桜月夜わが影を踏み濃きを踏み

河津町沢田地区に涅槃堂あり　三句

涅槃仏金（こん）色（じき）にしてこの真昼

涅槃仏西へ真向ひ東風聴くか

花満ちて華鬘の飛天ふり返る

偏頭痛その日の落花手で受くる

花散らふ山羊の交尾（つるみ）の短かさに

桃の花寝なへ児ゆゑに散らしたる

東歌に「まくらがの許我の渡のから楫の音高しもな寝なへ児ゆゑに」あり

帰るさの紫雲英（げんげ）さてしも汝が挿頭（かざし）

入水とか春の恨は措くべきに

太宰治墓

信濃追分　四句

老桑の瘤隆々と宿場口

里宮や拾うて軽ろき落し文

首曲げて思惟仏いまし喜雨待つか

青胡桃手にねばついて遊女墓

青萱のざんばら立ちも渡し跡

初潮とか麦打唄の聞ゆる日

嬬（つま）恋（こひ）村花合歓紅に紅重ね

羊飼の漢涼しや影もまた

天道虫眠れば潮の満ち来るよ

田の神に祈りてよりの田を植うる

わが家は——

住居適ふこの白つつじ満たしつつ

漢俳を朗々新茶飲みてより

蟬の穴五つ数へて水撒けり

菅笠を重ねて売れり登山口

鈴鳴らし湯坂古道涼しかり

阿仏尼も越えしといふ
箱根湯坂道

み局は桐壺朝明(あさけ)の遠郭公

箱根竜宮殿〝桐壺ノ間〟に泊まる

馬交尾(つる)む槐をどつと散らしては

鯰の子追つかけをれば日の没るぞ

卯の花やこの道伊賀へ通ずるか

矢車のきらきら鳴ると城下町

白南風や女神を湖に祀りつつ

雨忘れし天を望んで羽抜鶏

塩餡(あん)餅(びん)しくりと割れば朝曇

曝書して少年の日の手紙出る

島夕焼椀の粒蕎麦噛むからに

白桃の傷つきやすきそを愛(を)しむ

奈良　四句

青墨を購ふ秋風の古都にしも

筒井寛秀氏宅

関守石置かれ実椿つややかに

さ牡鹿の胸張つて息荒々し

笛嚠喨寧(な)楽(ら)には寧楽の月を上げ

唐黍のぱちぱち弾ねて厄日前

壬生。金売吉次の墓あり

吉次墓風の野菊の濃きままに

越後行　四句

良寛の里落日の大き秋

海猫(ごめ)帰るこの日岬の海荒れて

青時雨また過ぎり行く五合庵

かまきりののけぞるときの空の紺

御坂峠、太宰治滞在せし茶店あり　三句

しだれては萩光り出す天下茶屋

菊活けよ太宰購(もと)めし甕なれば

つぶつぶと甘酒飲んで時雨るるか

箱根、姥子　三句

姥子宿(うばこじゅく)求(と)めゆく野菊撓ふ日の

胡桃落つる音を聴かせよここ古湯(ことう)

風も秋懸樋の水を銜(くく)むほど

狐火や宿場はづれの姫が墓

上尾宿　三句

青面金剛冬日に灼かれ宿場口

三猿の立ち上がれよと鵙責付(せっ)く

式部の実そのむらさきも孝女墓
遍照院孝女お玉ノ墓

運などはどうでも百(ひゃく)匁(め)柿(がき)貰ふ

田仕舞のぼた餅食うて安(やす)寝(い)せむ

短日の藁打つてゐて兼好か
大阪正円寺、兼好法師藁打石あり

綿虫が綿虫追ふと本陣址

力石摩(さ)すり冬日のざらざらす
桶川、稲荷神社

紙鉄砲打てばすとんと冬日没る

冬至晴腕をば組む癖ひとつ

胡桃餅搗いて落人たりし自負

少年の空

平成十九年

手を打ちてこの世がひびく寒の入

姫神や木瓜紅白の帰り花

茶の花をどんととび越え近道す

寒九の水銜み己を恃みとす

野施行の帰りは小川渡りたる

道の記を書く牡丹雪舞はせつつ

寒肥を撒いておのれを悟りをり

木小屋より雪さらさらと掃き出すも

竹とんぼ三度飛ばして霜気配

四温とて手桶の水を揺すりもす
文学を目ざす孫がゐてしだれ梅
薄ら氷の割れて盆地の曇り出す
初蝶の起伏ここより稲荷みち
峯ノ湯も古湯匂ふぞ揚雲雀

伊豆河津 三句

かにかくに睡りの深き涅槃仏
さても啓蟄体どこそこ痒きかな
上げ潮か花菜もつとも眩しうて
海苔掻いてぐうんと岬晴れ上がる
濃菫や童女の小さき墓にしも
風無きに落花昼餉を省いては

濹東に荷風あらずよ花しだれ

荷風に『濹東綺譚』あり

清姫の乱序の舞も花吹雪

経巻の上花びらの二、三片

和服をば着るが楽しと花影踏む

花は染井明日あればこそ皆しだれ

乙女さぶ花びら唇に触れもして

嘗て庄屋むらさきあやめ濃きままに

太平町、白石家

ひき絞る幔幕南風の長屋門

風緑鑰（かぎ）一錠の味噌蔵を

竹落葉高処（たかみ）に構ふ禅寺は

大中寺、雨月物語「青頭巾」の寺たり　三句

七不思議の一分（いちぶ）信じて夏日向

〝枕返しの間〟とか窺(のぞ)いて青嵐

しだれては藤のいのちを式内社

太平山大権現

鈴蘭のおのれを信じたる真白

牛蛙鳴き止むと漣ひろごれる

花ノ江の里　二句

かにかくに雨音聴いて京五月

一里塚の一つ虧(か)けたり落し文

城を守る鬼門の御(み)寺(てら)梅熟るる

葭切や丸墓山は指呼の間

円墳を映して田植了りたる

余り苗さても円墳しかと据ゑ

松の頂(てっ)辺(ぺん)ばかりが見えて明易し

埼玉古墳　三句

海猫（ごめ）鳴くと大釜の蓋重きかな

望郷やびゅうと麦笛吹いてなほ

でつかい希望持てやと亡母の麦の秋

帷子（かたびら）を衣桁に掛けて閑居かな

掛香の下にて汝レの手紙読む

夏服や己の嘘を軽うして

ほうたる来い呼びつつ橋を渡り切る

いちじくを捥ぎ少年の空真青

漂ふが宿命（さだめ）と水母（くらげ）透きとほる

海鼠汝レ形まろきをかなしむか

叩き落とす麺棒の粉今朝の秋

堪忍袋しつかと閉ぢて残暑なほ

秩父ッ童（こ）のつと顔出す萩こぼし

卵産まぬことがかなしと羽抜鶏

きらきらと童駈け出す豊の秋

山背古道この鵙睨むほど晴るる

桐の実の鳴る日は曇る瞽女（ごぜ）の墓

船小屋に舟を収めて風秋に

王羲之の臨書朝より天高き

露燦と天井川に沿ふ道も

露桔梗剪る誰よりも早く起き

さても天恵冬紺青の弥陀の前

平笊にぬかご百程採りもして

風船葛触るれば揺れて古墳村

穭田の穭痩せても王の墳

女獅子呼ぶ笛が鳴り出す豊の秋

あけび垂るこけしづくりの聚落(むら)十戸

竹人形据う秋風を刻ませて

海桐の実固くて風を肯ンぜず

冷まじや津軽三味線聞く夜の

ダイヤ婚待つぞ菊花は白更に

来たる十二月二十四日は、婚六十年

初時雨寝(い)穢(ぎたな)しとは言ふなかれ

金剛の露とばしると佳人(をみな)立つ

鶏頭の百日湖へ燃えたたす

火口原（カルデラ）に冬満杯のいま暮色　　箱根　二句

綿虫とぶ湖の光を吸ふために

師走朔出羽の新味噌届きたる

時じくの香具（かく）の実しかと真冬にも

女人伝説

平成二十年

天つ日の鷹の飛翔も年新た

人魚いま髪を梳きては初日影

初詣帰りは師弟句碑を見に

恵方とて岬（さき）の女神を目指したる

天草の殉教史読む飛雪いま

四郎雄々し真冬潮騒胸に享け

晴れて寒燈台身丈伸び切るか

爪木崎

雪来るか袂のすこし重うなり

かかり凧梢に哭いて日ィ暮るる

けふ寒九息子(こ)が来て朝餉しかと食ふ

靴おろし四日(しが)の悪日(あくにち)野に出でよ

「四日の悪日」は三月四日のこと。仕事をば忌む日

舟橋を渡り切っては春雷す

国はまほろばいまし大和の芽吹き季(どき)

水煙の天女降り来よ麗かに

歓喜天秘仏とあれば鳥交る

さても典座（てんぞ）春の朝粥湯気どつと

一枚の春田そのまま濤の音

女子（をなご）御し難しよ黄砂降るまま昼

花朧帰りそびれし牡鹿ゐて　　奈良　二句

子（ね）の刻かさくらの白さ浮きたたせ

雲去来おたまじやくしの生れたる日

玄室を出でては飛鳥東風摑む　　石舞台

明日香深み棚田花菜の幾重にも

姫辛夷聚落（むら）なる小さき式内社

泣羅漢風のまにまにに春闌けて　　川越、喜多院

飛鳥道蛇おろおろおろと横切れる　　再び奈良へ

結願の御誦経（みずきやう）南風の門跡寺

若狭への道をば逸れて山女宿

山女とる生計（たつき）か隠れ里にしも
美山荘

山女焼くかつかと炭火熾（おこ）しては

金剛杖しかと突ッ立て夏呼ぶか
峯定寺

隠（かく）り沼（ぬ）の女人伝説早や夏へ

麦は穂に野良着埃を叩き合ふ

危座しては青梅落つる音しかと

空間のかがやき信じ蟻這へる

風は緑智恵子抄をば諳ンずる

筒鳥の啼く日エッセイ書きあぐる

氏子らの声掛け合ふぞ草刈に

朝な朝(さ)な薤(らっきょう)漬けし甕揺する

天道虫睡りて潮満ち来る日

若葉風巡礼道は沢に沿ひ

清盛の御霊静めよ万燈会　六波羅蜜寺

奈良格子開けてさやけさ引き入れよ

家中の出払ひ鵙の高鳴きす

雷門鬼灯鳴らしつつ過ぐる

白桃は掌に天地のしづけさよ

オルゴール鳴り出す露の山荘に

金星(ゆふづつ)や夏越の祓済ませては

馬鹿が唄ふ木曾節の冴夏の夜も

歌舞伎座、鏡花原作
〝高野聖〟

人の世は雑用だらけと甚平着る

昏るるまで鶏頭己が紅憎む

放埒なひと日古酒をば呷(あふ)りたる

雀蛤となりては焼かれけり

柚子梯子踏ンまへ天下睥睨す

童(こ)等が手を挙げてかりがね渡しけり

銀水引尼の講話のやはらかき

無量光明照らすみ仏菊日和

浅草寺

秋濹水この日も空の水色に

隅田川吟行　八句

船障子開けては秋の風通す

月の出を待つなり船の艫に立ち

都鳥離(さ)かると船を漂はす

屋形船向きを変へつつ時雨だつ

十三夜人の希(ねがひ)を船に乗せ

潮の香へ艫綱投ぐる十三夜

コスモスのみな揺れ撓ふ吟子の地

女医一号荻野吟子生誕地

濡れ縁に出て秋日和定めをり

伊豆三養荘　三句

二番石踏ンまへ鱗雲仰ぐ

晴れ来るぞ榠樝大粒捥げばなほ

匂ひたつ香具(かく)の木の実を手裏(たなうら)に

人生潔白己持(じ)すれば露涼し

虹梁の自（し）が重さもて秋鎮め　聖天宮本殿改築

明日立冬もぐらの土の黒きまま　箱根、竜宮殿

素うどんを食らうてをれば木枯しす

大根卸し辛くて天地正大に

冬玲瓏また空海の書を習ふ　「風信帖」をいつも手許に

一陽来復その夜は白湯を甘しとも

あとがき

『楼蘭』につぐ第十句集である。集中

さても天恵冬紺青の弥陀の前

の句があるので、取って句集名とした。

今年、満九十歳を迎えた。日々、論文・評論や句作をすすめることが出来るのは、家族・弟子を始め、俳友、知人のお陰であり、これこそまさに〝天の恵み〟と感謝している。

本句集の五年間、私は第一に「俳句に物語性を」をテーマとして作句した。たった五・七・五の短詩型で物語性を云々するのは、とんでもないとの意見が出るのは承知である。しかし、芭蕉は数え年五十一歳で終ったが、八十歳代まで生きたら何を目指したであろうかと考える。しかももし、〝発句〟しか認められなかったら何を目指したか。何か目標を立てその方向に向かって一筋の道を究めようとしたに違いない。幸いに芭蕉の時には、俳諸百句または三十六句があり、敢えて発句に物語性を強調する必要は無かった。それは百韻・歌仙の中でその目的は十分果たすことが出来たからである。それを今日は、五・七・五の一句のみで勝負しなければならない。

明治以降、すぐれた俳句が詠出された。虚子をはじめ多くの俳人の努力のお陰である。その中に、写生の重視や花鳥諷詠の本質を主張し、集注し得た。

しかし、現代の目まぐるしい世相の変転下、その複雑微妙な心理・心情を表現するのは大変なことである。そのための新しい方向の一としての物語性俳句の主張なのである。

もちろん、私の主宰する俳誌「橘」でも、〝感動の焦点化〟の必要を強調し、写生の大切さを主張して来ている。

ただ、自分の詠みあげる作品の十パーセント又は十二パーセントの中での物語性の主張であり、実践なのである。果たしてそれを果たし得ているかどうか、ご批評をいただければ幸いである。

なお、今句集でも、第九句集で目ざした①古語の新生、②「句またがり」「句割れ」の積極的使用、③活用語を一つもつかわない句等を心がけて来ている。

俳誌「橘」も、昨年十二月で創刊三十周年を迎えることが出来、いま四百号へ向かって直進中である。同人・会員諸君といっしょにダイナミックな前進を続けたいと考えている。私は、常日頃、俳句づくりは、「ある日ある時ある場所でどう生きたかを自分で確認する所業である」と主張して来ている。そしてまた自分自身の生き方として〝流れ星のような人生〟でありたいと望んでいる。流れ星は真ッ暗な闇をひたすら飛びつづける。燃焼しきった時、パッと消える。そういう終り方が私の願いであり、毎日毎日を完全燃焼するための、俳句づくりであると言いたい。

本年もいよいよ冬至。まさに一陽来復の日ざしの中、明るい希望にあふれた心をはずませている。日々、いのちの充実を詠いあげていきたいものである。

平成二十年十二月二十一日

橘山房にて

松本　旭

鼓（つづみ）の緒（お）

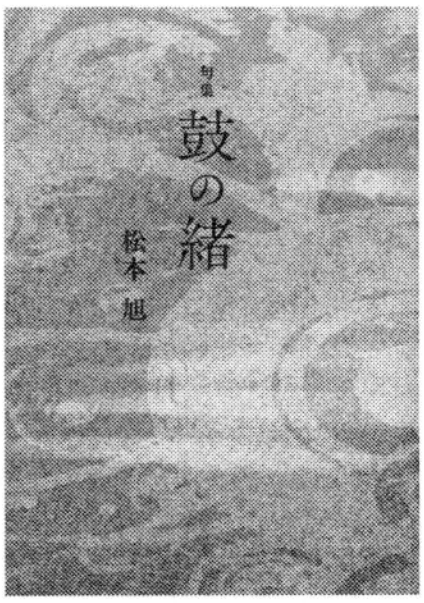

平成二十六年四月二十日
本阿弥書店
四六判　上製　二五二頁
定価　三〇〇〇円
収録句数　四四八句

菊水鉾

平成二十一年

元旦の母屋（もや）静けさの香を炷く

天つ日の鷹の飛翔も年新た

役石の二の石踏めば初明かり

初霞此処し古墳の主は誰（た）そ

舞初は能「松風」のシテの所作

恵方とて岬（さき）の女神を目指したる

衝立の唐子が遊ぶ手毬かな

満ち潮のひたひた三日暾（ひ）ざすほど

書初をしかと書き上げ腹空かす

焼銀杏ぷちりと割つて三箇日

柾目なる下駄をおろして恵方道

風信帖の筆力ぐんと冬三つ星

人日の日ざしを溜めよ道祖神

篝火の尖がくづれて寒の入

河津、今井荘　二句

冬オリオンをろがみてより睡りけり

性神(おとこがみ)拝み寒九の晴れ切るぞ

成人の日ぞ望月の冴え更に

岳君成人式

飛騨牛の肉の薄切り寒の内

庭石一つでんと据ゑたり寒頂上

芳醇無比と自讃の酒よ四温晴

水煙の天女降り来よ春立てば

紅梅の撓ふと雪の舞ひ出すも

春の雪触れては消ゆる碾磑（てんがい）に

「碾磑」は石臼のこと

代官屋敷春の竈（かまど）を三つ置く

韮山、江川太郎左衛門
邸　二句

犬矢来据ゑて白梅こぼれけり

涅槃図を見ての現世に執着す

夫婦の時計常に合はせよ麗らかに

祝婚

揚雲雀島に十戸の聚落（むら）拓き

蓬籠おろして少女道教ふ

花は八重島に女神の祀られて

島鶯漁師は砂洲に臼を据ゑ

草加煎餅弟子より届き麗らかに

利酒やさくら蕾の揺れもして

楸邨の大き鼻なり牡丹嗅ぐ　　楸邨先生は

二ノ橋にかかれば花のなほしだれ　　伊豆長岡温泉、三養荘
三句

景石に己の影よ落花どき

源氏山日をかざしては竹の秋

花陰を踏みてわが句碑まで上(のぼ)る　　上尾、丸山公園

現し世に執し藤房地に届く

桐下駄の鼻緒すげさせゐて穀雨

楓(かえで)蕊(しべ)踏むぞ柾目の下駄下ろし

河曲がることも意気地か夏初め

里宮や栗鼠の木伝ふ涼しさも

初夏燦と絡繰り人形宙返る

濁世（じょくせ）なるこの世の忿（いかり）梅雨気配

ポッペンの音涼しさの島岬

形代を流すや風の止むときは

草笛を吹き合ひし日の村眩し

横切つてその身青大将と呼ばれ

父祖の地や陶枕（とうちん）しかと頭を据ゑて

翠微（すいび）より俯瞰涼しき屋根一つ

「翠微」とは山の八合目

田植ゑをば終り月山（がっさん）振り返る

源泉の噴湯（ふきゆ）櫓（やぐら）も梅雨晴間

天草(てんぐさ)を卸しに来ては話し込む

烏の子落ちて濁世を歩み出す

菊水鉾の粽(ちまき)を懸けよ明日土用

大滝と対峙この世の怖れもて

田螺這ふ伏見青田の水澄みて

京都行　六句

桔梗(きちこう)の白極まれば古仏見む

黒蟻も走るか弥勒(みろく)菩薩拝すべく

暑がどつと一条戻り橋にしも

暑に耐へむ寺の枇杷水くくみては

真如堂

土用かも御寺(みてら)宝印頭(ず)に受けて

星合の夜は奈良墨を濃く磨れる

掛け声の雨戸を閉めて夜の秋

朝な朝(さ)な庭の金魚に挨拶す

かなしみのピエロ口あけ夜は秋に

童(わらんべ)の双手突き上げ稲田道

昏るるまで鶏頭己(おの)が赤憎む

数珠玉の鳴れば温泉(いでゆ)の宿予約

交尾(つる)みつつ蝗凝然たる日暮

十六夜の月上るまで稿を継ぐ

勅願のみ寺桔梗白更に

柚子梯子踏ンまへ天下睥睨す

火口原(カルデラ)の山法師いま初紅葉

築泥（ついひじ）やこの晩秋（おそあき）の楠大樹
京都青蓮院　三句

桜紅葉この一文字手水鉢
秀吉寄贈「一文字手水鉢」

寺の秋炎えて炎えては護摩供養

背ィ高の夕顔種子の五つ六つ
源氏物語「夕顔」遺跡　二句

夕顔の蕾今宵も咲き出すか

歌神や赤き木瓜の実揺れもして
新玉津嶋神社

桔梗のすがれて更に光（かげ）透ける
廬山寺　二句

晩秋の小さき光秀念持仏

穭田の穂に出て風の上総（かずさ）道

冬空を満たすや佐原真昼間は

冬凛々弓手挟みし武神像
香取神宮　三句

明日大嘗（おおにえ）真菰行器（ほかい）を堂縁に

神杉の洞（うつぼ）はま冬透明に

上総夕焼はたはたと鳴る冬の幡

佐原市観福寺

冬夕焼下山の僧と声交はす

想夫恋の調（しらべ）風花大粒に

門松を中山道へ向けて立つ

後の雛

平成二十二年

太郎杉その直立の初茜

元旦や吹かれ通しの石蕗の絮

二日暁（あ）けては双子星寄り添ふぞ

今井荘

潮満ちて来るらし朝の薺粥

われら庶民阿弥陀に春の詩(うた)供す

六地蔵まで潮騒の恵方道

衣懸けの松とて青き五日かな

木地師朝より轆轤へと寒の入

寒紅梅岬に女神祀られて

けふ寒九息子(こ)二人揃ひ遅朝餉

雲去来この二ン月の石の貌(かお)

揺れて紅梅注文の菓子届けに来

芽木山の風音ひびく湖べりも

伊豆は坂勝ち潮騒のつと東風をのせ

麦踏むや山並左よりめぐり

笹鳴きか万葉図録閉づるとき

えいやつと鏡餅割るる日は

《特別作品》
捨て来しものは
（「俳壇」四月号より）

天一天上事（こと）落着の鱈食らふ

藁靴のまつつぐ進み会津領

藁靴を踏み込めばここ汝（な）が聚落（むら）ぞ

肌理（きめ）粗しおらが国さの湯豆腐は

閻魔王一喝大和雪舞ひ来

春立つと埴輪のまろき口開く

ただ寒ししのびの拍手（かしわで）を打てば

義弟鰺坂青青逝く

夜に入ると風鳴りどほす雪解宿

麦踏みつつ天下は広きこと思ふ

六地蔵に瞰（み）られ雪代里に出る

御陵村二ン月の矮鶏睦み合ひ

白鷺の余寒こぼして后（きさい）陵（はか）

連翹の丘二つ越え汝が故郷

踊り子の里ぞ花菜の黄がなだれ

雀交（さか）り捨て来しものは遠ざかる

しかすがにこの朧夜の怒濤音

子どもの頃、わが村にも瞽女が来た　二句

少年が聴きし瞽女（ごぜ）唄春闌けて

離れ瞽女の墓蓬草茫々と

囀りやお礼は小作米五升

小鼓の影深く置く春の夜

芽木どつと女神は滝に棲み給ひ

数へ唄八つになりて花散らす

西行を恋ふるぞ花の散らふほど

誰も来てしだれざくらの下に立つ

（以上「俳壇」より）

壺すみれ榎（えのき）太根に縋りもし

東京善福寺公園　二句

うらうらと姫神祀る中ノ島

さへづりや祓戸神（はらいどがみ）は摂社にて

井草八幡宮

幻戯庵そのまま芽吹く杏の木

金柑の一粒もぎて師を憶ふ

角川庭園、幻戯山房

二句

端渓に青墨磨（す）れば風光る

息子（こ）等習ひし低鉄棒に胡蝶の帆

伊豆、三養荘　三句

養花天水べりに坐（ま）す童女仏

伊豆面のひよつとこ笑ふ朧にて

五竜太鼓

乱れ打つ春の夜太鼓われも打つ

朝な朝（さ）なの瞑想藤の花の下

わが永住の上尾市は

風は緑江戸より九里の宿場町

箱根、竜宮殿

几帳生（き）絹（ぎぬ）風なぶらせて五月来る

家訓など無くて五月ぞ子等育つ

雷兆し誰も早口にてしやべる

写経終ふ六月の月のぼらせて

仰ぐほど向日葵高し父と子に

洗ひ鯉食らうて盆地村を出る

マンネリは納得づくよ冷奴

蚊を打つぞ哲人らしき面（つら）がまへ

鉄線花（クレマチス）その花色のまま日暮（ひぐれ）

梅雨音す辞書を枕に寝てをれば

稲荷寿司作る妻ゐて梅雨明けか

わが心臓もみほぐしをり朝曇

箱根、竜宮殿　二句

山法師の花白きまま湖風す

この岬大きくまはり白夜づく

水音に聡くなるとき菖蒲葺く

どんと来い立夏の仕事山ほどに

《特別作品》
美田残さず
（「俳壇」八月号より）

今日立夏きしきし緊める鼓の緒

子供には美田残さず端午の日

麦秋や声みなまろき平家が裔

村びとの声の大きさ麦の秋

さびしらの袖拱（たむだ）けば恋蛍

ぼうたんの紅濃過ぎては喉渇く

村は過疎一途に婆（ばんば）遅夏蚕

天下泰平しかと簾を吊るからは

いさぎよきその身晒して蛇死せり

鉄線花揺れつつ風のむらさきに

駆け落ちの如しづけくも蛍の夜

望郷やびゆうと麦笛吹いてなほ

薫風や尼門跡に文を書く

鉄を打つ火花晩夏の匂もて

風鎮の下げ緒替へても秋涼し

唐辛子その尖曲がることも意地

後の雛飾り一途に漁師村

村歌舞伎の初日とあれば月まろき

生ひ立ちは武州でざんす村芝居

柘榴実に倖せあれば駈け出だす

夜も楽しやつさもつさと芋茎剝き

白雲の去来さてしも菊枕

（以上「俳壇」より）

老桑の実の甘きかな本家のは

涼むかな天の静けさ聴くために

与願印の地蔵すなはち涼しけれ

猪親子通りし跡か湖より風

箱根　四句

霧が霧追ふ海賊船の後ろより

雲海や巌は秋を肯んぜず

駒ヶ岳頂上

峠地蔵柿の実一つ供へたる

相擁く（だ）も月光青き道祖神

嫁が来て妻と湯に入る十三夜

翠、右手首骨折　次男嫁、美子来る

つくばひに泛べて一花酔芙蓉

橘四百号記念吟行（京都）慈受院

秋扇閉づると巫女の舞終る

伏見稲荷

さびしらの花野ここより醍醐みち

そんなにも沖縄の顔見せ朱欒（ザボン）

噴湯（ふきゆ）待つ立冬の空晴れ切つて　河津温泉

立冬の椎の樹液の流れ聴く

雄鴨の向きを変ふると光り出す

冬瓜（とうがん）を食（は）みにこの里三度来し

道祖神までの白息母と子が

枇杷の花白くこぼれて城下町

普化（ふけ）衆（しゅう）の尺八聴かむ京ま冬　東福寺善慧院

大冬に負けじと腕振りまはす

唯我独尊大路の秋はまつしぐら

《特別作品》
大路の秋
（「俳壇」十二月号より）

さればこそ神の意志なる糸瓜垂れ

四天王の一つ一つに早桃置く

菊酒をくくむ古文書写し終へ

豊年の神楽太鼓はどどと打て

骨折の妻に代はりて梨を剝く

手に触るるまでは撓ふぞ残ン萩

薄雲御所　慈受院

十善戒誦しをればこそ爽やかに

智積院　三句

晨朝（じんじょう）の僧帰りゆく萩に触れ

新発意（しんぼち）のさびしきときは月仰げ

秋深み百夜（ももよ）通ひの径いづこ

随心院　二句

化粧（けわい）の井しかとのぞいて竹の春

醍醐寺　三宝院　二句

この秋の真ッ芯さても藤戸石

貴人口閉ざし十歩の初もみぢ

澪標(みおつくし)離れて三つ今朝の冬

鶏交(さ)尾(か)る眩しさ小春日を溜めて

村の衆出て大焚火始まりぬ

耳の穴乾くぞ京の大冬は

塩地蔵に塩抛(う)つと冬更に紺

遠くより神のみ声と牡丹焚く

減食の吾(あれ)をいたはる霜濃くて

短日の紙風船はすぐ地(つち)に

終ひ天神空ま四角に紺青に

数へ日やぐわんと広き方丈は
尾骶骨突ッ張りけさの雪気配
（以上「俳壇」より）

天領の猫
平成二十三年

鷹羽搏つ天地さてしも今朝の春
神楠の瘤隆々と年新た
年賀状いま尼門跡より届く
師弟句碑見て来て雑煮食うべけり
湾中の冬凪神はいつ天降る
胡桃の実つぶりと割つて七日早や
寒中のひと日とあれば朝粥を

何のかのと人ほざきたり寒九にて

潮騒の高まれば解く懐手

伊豆、今井荘にて　二句

大根干す伊豆七島の見ゆる日は

冬は平板完膚無きまで意志捨てて

校歌をば歌へ朝（あした）の梅が香へ

加納中学校歌はわが作詩

花冷えの常にニトロをふところに

埴輪みなその身の赫さ花冷えも

道譲るときげんげ田に入りにけり

山藤の垂れこの国つ神祀る

西行庵水（み）音（おと）の中の朧かな

お日様が真上に来るぞ麦踏めば

竹籠を編む陽炎の中にゐて

花は三分紐むらさきの忍び駕籠　五劫院

息止めてまた花吹雪御陵前

飛花落花怠惰の情を残しつつ

青葉木菟詩魂いくたび揺りおこす

砂糖黍刈るぞ潮の香胸先に　沖縄　二句

風光る島の舟唄節（ふし）撓ひ

卯の花月発止と鼓打ち終る

危坐（きざ）しては青梅落つる音を聴く

和鏡を裏返しして若葉雨

一族平安梅酒の甕（かめ）を揺らしもす

麦笛を吹くたび村の静けさよ

波羅(はら)蜜(みつ)の智恵を受けばや白南風に
竜昌寺

五鈷(ごこ)鈴(れい)振り五月み仏呼び招く

蝸牛の角出し切れず御陵前

愛(は)しきやし大和南風(みなみ)の吹くからに

関守石京には京の梅雨気配

結願のみ誦経竹が皮ぬぐぞ

踏みにじる青梅一つ一揆の地

円墳の蜥蜴消ゆると潮騒す

耳たぶをさはれば大き麦の秋

天道虫睡る潮の香満たしつつ

百合大輪峠の茶屋にばさと置く

麦打唄素朴の恋を繰り返し

初蛍姫の入水(じゅすい)の沼にしも

父の歳越えては桑の実を銜(くく)む

あぢさゐのその蒼さもて欺かず

同胞(はらから)の血脈(けちみゃく)桑ノ実(どどめ)しかと熟れ

山桜桃(ゆすら)の実嚙めば酸(す)つぱし旅疲れ

天離る鄙にしあれば天魚(あまご)焼く

太陽の季節跣足のまま駈けよ

夏頂上水源の水掬ひ飲む

天領のみ寺の広さ濃紫陽花

天下真夏天領の猫ミュアと鳴き

夕焼にまみれて千曲川渡る

運ぶたび水桶萩に触れにけり

一山露発止と鉈を振りまはす

天の声聴くべく仰ぐかまきりは

まつすぐに頭(こうべ)を挙げよ天下秋

十三夜出羽の山栗供へもし

榠樝の実まるごと天へ抛りけり

甕の罅(ひび)そつと触れつつ秋深む

蜻蛉乱舞十符の菅跡このあたり

奥の細道　四句

壺ノ碑にわが影届くまで秋日

榧（かや）の実の榧の匂の多賀城址

天下泰平鮪丸ごと供へられ　塩釜

柚子の里梵鐘一打ひびかせて

柚子手繰（たぐ）り盆地の午後を晴れ切らす

富有柿二つを旅の荷に加ふ

さすれば城下この立冬の空ひろげ

湖にさびしさ捨てに鷹飛来　箱根二句

初雪を待ちつつ露天湯に浸る

京へ通ず　　平成二十四年

万両の真紅壬（みずのえ）辰（たつ）年来（く）

門冠りの松の雄々しと今朝の春
一族郎党大鯛かこみ年酒いま
和服の胸ぽんと叩いて恵方道
川二つ越え柴又の初詣
紅白の葉牡丹太き帝釈天
開運の鈴りりと鳴る寒の晴
河越えて寒入りの街きな臭し
凧神の褌(ふどし)青しと寒の入

浅草 二句

「迎春」の凧掲げたり仲見世は
餅切つてをれば笹鳴近づき来
上尾宿(じゅく)の道標寒のあたたかき

わが家は中山道にま向う

伊豆高原、坐漁荘　二句

寒頂上二タ夜つづきの餺飥（ほうとう）は

土筆和（あえ）甘しや伊豆の夕映えに

寒梅の下にて栗鼠を待ちゐたる

その宿命（さだめ）しかと背負うて孕み鹿

梅三分関守石は縄まとひ

子規庵を出るとき春の雪止めり

カリヨンの鳴る春潮の満ち来ると

春焚火朝より鼻のむず痒き

洗礼の少女連翹濃きところ

茶碗蒸しに筍天気定まれる

この道は京（みやこ）へ通ず竹の秋

お日さまは真上水辺の花の宿

風船の赤が逃ぐるぞ比丘尼墓

台本を二読三読風はみどり

薫風や姫専用の蒔絵駕籠

壙の影届きて早苗植ゑ終る

大笊に雪花菜(きらず)の匂ふ朝焼は

葭切の鳴けば中洲のふくるるか

板倉町「揚舟ツアー」
二句

舟唄につられ青鷺とび翔つも

青葦のさやげば神の降(お)りますか

雷電神社 二句

絵馬に描(か)く雷電の赤南風(はえ)募る

ちちははに桑の実一つづつ渡す

磨崖仏ひたひた楓蕊降らす
今日立夏胡坐の羅漢天仰ぐ
つぶつぶと泡立つ地平麦の秋
悔いもなきひと日葭切鳴きしきる
梅雨明けの吾子の見舞に橋を越す
わが足裏(あうら)むず痒きとき梅雨上がる
仁王眦(まなじり)切つては四万六千日
海べりの夏伝説の村を置き
沼の穢(え)を厭はず古代蓮凛と
祭過ぎをとこをみならまた励む
天下遮断この竹簾斜に立てて

高枕この日ノ本の南風（はえ）鳴るぞ

虹仰ぐ京の五条の橋袂

玉虫を拾うて旅の終りけり

練雲雀故郷然（さ）れば遠ざかり

立秋の耳穴痒し誰か来る

力石えいと持ち上げ高き天
伏見稲荷

栗落つる音聴きたくて杜（もり）奥（おく）へ

捥ぎとりし柿三つ二つ子に渡す

泣羅漢一途に秋は光り出す

白桃を目の高さにて量りをり

月出でて遠野民話を締めくくる

さはやかに無人ピアノは鳴りひびく　　箱根プリンスホテル

残心の唐（から）手（て）の構（かまえ）解けば秋

月光菩薩大和の秋は真向ひに

奈良格子開いて閉ぢて秋深む

敬老日子より胡蝶蘭届く

菊の香や大原（おはら）御幸（ごこう）を諳んずる

金輪際白を誇って高芙蓉

懐（おも）ひをばしつかと溜めて種瓢

大天狗秋を窮めて鼻伸ばす　　迦葉山竜華寺

石榴割れ水平線の昏れたがる

庭借りるひよどりの影過（よ）ぎるとき

白露を踏むわが庭の五歩十歩

鹿を背に大和ことばのやはらかき

金剛の露踏みしだき勅願寺

絹市場立ちし村てふ柚子たわわ

長命水しかと噛んでは鵯日和

合宿の茸(たけ)汁ざぶと注がれけり

冬凧を飾って壱岐の匂濃き
わが離れ屋入口に

つぶらの実いくつ右近の橘は
大覚寺　三句

左近の梅蕾の固さ手に触れよ
大覚寺は左近の梅なり

嵯峨菊に再び触れて寺を出る

玉鬘(たまかずら)十帖読破数へ日に

子等に頒（わか）つ信州胡桃小晦日

朱欒手に

平成二十五年

立志しかと恵方岬へ一歩いま

妻が来て子が来て御慶申しけり

力石摩（さす）ればざらと大冬日

昼過ぎの勢となれり初雪は

初雪を見つつ洗濯機をまはす

どすこんと俳句作らむ寒茜

都鳥群がり月の出を待つか

立春の馬の草鞋を奉納す

残雪の高きを忿る猿田彦
学問のさびしさ知れと誓子の忌
御宿(おん)(やど)をし申すべし朧夜の
日の本の真中にゐては春眠き
花の雨西行堂の跡どころ
後楽園　二句
陽石の在処(ありど)誇示する夕朧
地震(ない)止んで春の雪とはなりにけり
紙風船童(こ)に渡し去る薬売
茫々(ぼうぼう)と生きむ花菜の香に塗(まみ)れ
みどりの日朝新(さら)なる服おろす
朝より豆飯の出る京の寺

蟻戸惑ふなかれ文殊の前なれば

純白のぼうたん嗅いでより睡る

鳥寄せの口笛びゆうと五月（さつき）杜（もり）

初鮎の三尾泳ぐを見せに来る

美濃吉（大宮）　二句

焼鮎の骨まで甘し西晴れて

一天下この黒蟻の何戸惑ふ

生鮑こくりと噛みて平安に

口濯ぐ行者へ木曾の山気涼

額の花観音慈悲を垂れ給へ

大百合の撓ひて咲かす築山に

掌にのせて切（せつ）に大百合咲き尽くす

賞品の団扇に恋のわが一句

独り身を誇つてバサと百合を剪(き)る　　わが孫娘にて

小(こ)面(おもて)の端正のまま涼極め　　能面　二句

増女その成熟さ夏深む

素足をば妻が突き出し雷兆す

星涼し島の伝説聴くからに

爽やかに肉(にく)池(ち)の雄獅子口あけて

滝轟と誰も心にある禱り

天の一角望んでかなし羽抜鶏

蝗つんと尻を向けては曇り出す

自己菩提願へば秋の滝どどと

螳螂の鎌かかげもし日(ひ)の本(もと)ぞ

今日白露人に遇ふまで近道す

困民党蹶起の聚落(むら)も早稲を刈る

佐久の鯉ぷすりと切つて今日白露

松手入相対死(あいたいじに)の墓が見え

駒下駄を鳴らして秋は古書購ひに

端正に菊酒銜む星の下

真間の井の水をのぞけば秋どつと

真間の手児奈の地吟行
二句

冬は直ぐ心願成就の絵馬の揺(ゆれ)

朱欒手に大和ことばのやはらかく

殉教やしかと閉ぢたる冬栄螺

天草、下島　二句

太鼓どどと島の寒さを決めつくす

妻と飲むボジョレ・ヌボーしかと酔ふ

神楽殿ガラ空きにして今朝の冬

大宮氷川神社　二句

力石七つ並んで鴨の晴

綿虫や盆地の光（かげ）を捨て切れず

師走口今年も餅を搗くと決め

百歳待つ

平成二十六年

元旦や松百年の影も濃き

高らかに高砂謡ふ今朝の春

初詣神の大樟見上げては

河津来ノ宮神社　二句

初芹に触れけり神に供へむと

七草粥さてしもこの日晴れ切つて

小豆粥三宅島とて真直ぐ見よ

酢海鼠を食らふや妻と河津にて

冬牡丹数へて弟子の帰りけり

人日や後ジテは松の精にしも

留め袖を揃へて妻は春待てり

孫娘真弓二月十一日結婚式

小正月大王松は更に濃き

繭玉を掲げ百（もも）歳（とせ）目指すべし

今年九十六歳なれば

あとがき

『天恵』につぐ第十一句集である。集中、

今日立夏きしきし緊める鼓の緒

の句があるので、取って句集名とした。

この句「緊める」は文語では「緊むる」であるが、「緊める」のやわらかさ、ひびきのよさを生かすべく、敢えて口語形を使用した。

今年、誕生日で満九十六歳を迎える。日々論文・評論執筆や句作を進めることができるのは、家族・弟子を始め、俳友・知人のお陰である。特に、妻翠との生活・作句の協力・推進ができるのを喜んでいる。結婚して六十数年間の推進である。

さて、前句集『天恵』の「あとがき」で述べているように、『天恵』の五年間は、句の中に「物語性」の充実を目ざした。尤も、自分の作品中の十パーセント又は十二パーセント中での物語性の主張ではあった。

句集『鼓の緒』での五年間は、作句に自分の生活・感動を自由自在に詠み上げることを目ざした。その自由性の楽しさが発揮できているかどうか。自分なりには、それが出ているのではないかと考えているのではあるが。

人生貴重。また今後の作品活動を明るく、楽しくつづけて行きたいと思っているところではある。

また、句集出版に当たり「橘」編集長の佐怒賀直美君に世話になった。感謝の意を表したい。

わが家の庭先に、毎朝のように小鳥たちが来ては遊んでいる。井戸端の水槽のまわりや築山の木の実をついばみに来るのだ。春は目前。

今朝も日は燦々。

平成二十六年二月一日　　　　橘山房にて　松本　旭

松本旭略年譜

大正七年（一九一八）
埼玉県北足立郡大石村領家（現上尾市）に生まれる。

昭和二十二年（一九四七）　二十九歳
鯵坂緑（俳号・松本翠）と結婚。

昭和二十四年（一九四九）　三十一歳
東京文理科大学（現筑波大学）国文学科卒業。卒業論文は「今川了俊の連歌論」。

昭和二十五年（一九五〇）　三十二歳
桜井掬泉（「寒雷」同人）に誘われ埼玉大学句会に参加。

昭和二十六年（一九五一）　三十三歳
埼玉大学助手（以後、講師、助教授）。埼玉大学で加藤楸邨と出会い「寒雷」入会。

昭和二十八年（一九五三）　三十五歳
「埼玉大学教育学部紀要」に「今川了俊と源氏物語」発表。

昭和三十年（一九五五）　三十七歳
岸秋燕子・大滝枯菱・森田公司とともに俳誌「日輪」創刊。

昭和三十六年（一九六一）　四十三歳
「埼玉大学教育学部紀要」に「今川了俊の生涯と作品」発表。

昭和三十七年（一九六二）　四十四歳
浅野信の勧めで角川源義と出会い、「河」入会。

昭和四十年（一九六五）　四十七歳
「埼玉大学教育学部紀要」に「村上鬼城の近代俳句史上における地位（1）」発表。

昭和四十三年（一九六八）　五十歳
「埼玉大学教育学部紀要」に「村上鬼城の近代俳句史上における地位（2）」発表。

昭和四十四年（一九六九）　五十一歳
埼玉大学教授（国文学・国語教育学）。

昭和四十七年（一九七二）　五十四歳
合同句集『塔』第一集（塔の会）に参加。

昭和四十八年（一九七三）　五十五歳
第一句集『猿田彦』（牧羊社）刊行。

昭和五十一年（一九七六）　五十八歳

「埼玉大学教育学部紀要」に「村上鬼城の結婚」発表。

昭和五十二年（一九七七）　五十九歳

『埼玉かるた』（生涯教育研究所）監修。
上尾を中心に「武蔵文化を高める会」を発足。
「橘俳句会」と名付ける。
合同句集『塔』第二集（塔の会）に参加。
「埼玉大学教育学部紀要」に「村上鬼城と細井友三郎」発表。

昭和五十三年（一九七八）　六十歳

第二句集『蘭陵王』（角川書店）刊行。

昭和五十四年（一九七九）　六十一歳

「橘」一周年記念句会（上尾市上町公民館）開催。
評論集『村上鬼城研究』（角川書店）刊行。
『村上鬼城研究』により第一回俳人協会評論賞受賞。

昭和五十五年（一九八〇）　六十二歳

『新編埼玉歳時記』（埼玉新聞社）監修。

昭和五十六年（一九八一）　六十三歳

第三句集『天鼓』（角川書店）刊行。
『能勢町次著作集』（思文閣）編集。
『角川源義全集』（角川書店）編集。

昭和五十七年（一九八二）　六十四歳

俳文学会訪中団として北京・上海・杭州をまわる。
『松本旭自註句集』（俳人協会）・『文学教育の理論と実践』（桜楓社）刊行。
合同句集『塔』第三集（塔の会）に参加。
「俳句文学館紀要（第二号）」に「村上鬼城の世界―鬼城俳句にあらわれたる月」発表。
『大村喜吉教授退官記念論文集』（吾妻書房）に「鬼城俳句と月」発表。
「橘」五周年記念大会（上尾市立図書館）開催。

昭和五十八年（一九八三）　六十五歳

「橘」が五十三号より雑誌形式となる。
第四句集『長江』（牧羊社）刊行。

昭和五十九年（一九八四）　六十六歳

「連歌俳諧研究」（俳文学会）六五号に「村上鬼城の生涯―代書人罷免事件について」発表。
「六人展」（銀座ギャラリー四季）開催。

昭和六十年（一九八五）　六十七歳

評論集『村上鬼城の世界』（角川書店）・『村上鬼

城の境涯俳句の本質と展開』（城西短期大学）刊行。
「連歌俳諧研究」（俳文学会）六九号に「室生犀星の俳句」発表。
「城西大学女子短期大学部紀要」第二巻一号に「鬼城と虚子」発表。
「城西文学」第二号に「鬼城俳句にあらわれたる食事・食物」発表。

昭和六十一年（一九八六）　六十八歳

随筆集『アンジェラスの鐘』（本阿弥書店）刊行。
合同句集『塔』第四集（塔の会）に参加。
「橘」百号記念大会（池之端文化センター）開催。

昭和六十二年（一九八七）　六十九歳

『俳句のやさしい作り方』（ナツメ社）刊行。
「城西文学」第五号に「鬼城と蛃魚」発表。
「橘」十周年記念大会（宝登山神社）開催。
宝登山神社に第一句碑「地に届くまで汝が世界糸ざくら」建立。

昭和六十三年（一九八八）　七十歳

第五句集『卑弥呼』（本阿弥書店）・『自解百句選松本旭集（牧羊社）刊行。
第一回「橘海外吟行会」（中国）実施。

平成二年（一九九〇）　七十二歳

「城西文学」第九号に「芭蕉における「道」の意識」発表。
「橘」百五十号記念大会（大宮ソニックシティー）開催。

平成三年（一九九一）　七十三歳

勲三等旭日中綬章受章。
「国文学」に「虚子と鬼城」発表。
第一回「橘色紙短冊展」（埼玉県民総合活動センター）開催。

平成四年（一九九二）　七十四歳

第六句集『酔胡従』（牧羊社）刊行。
「松本旭主宰勲三等旭日中綬章受章祝賀会」（大宮清水園）開催。

平成五年（一九九三）　七十五歳

『埼玉俳句歳時記』（埼玉新聞社）監修。

平成六年（一九九四）　七十六歳

『今日の一句』（埼玉新聞社）刊行。
「橘」二百号記念大会（東京會舘）開催。
第二回「橘海外吟行会」（カナダ）実施。

平成七年（一九九五）　七十七歳
妻沼聖天山に第二句碑「花満つる時しも実盛像拝す」建立。
除幕式及び記念句会（妻沼聖天山歓喜院）開催。
埼玉県文化功労賞受賞。

平成八年（一九九六）　七十八歳
第七句集『凱旋門』（本阿弥書店）刊行。
「松本旭俳句展」（銀座ギャラリー四季）開催。
第三回「橘海外吟行会」（スイス）実施。

平成九年（一九九七）　七十九歳
「橘」二十周年記念俳句大会（大宮ソニックシティー）開催。

平成十年（一九九八）　八十歳
「橘」二百五十号記念大会（さいたま文学館）開催。

平成十二年（二〇〇〇）　八十二歳
『松本旭自解150選』（北溟社）刊行。

平成十三年（二〇〇一）　八十三歳
評論集『村上鬼城新研究』（本阿弥書店）刊行。

平成十四年（二〇〇二）　八十四歳
第八句集『浮舟』（本阿弥書店）・評論集『風雅の魔心』（本阿弥書店）・随筆集『青衣の女人』（東京四季出版）刊行。
「橘」三百号記念大会（浦和ロイヤルパインズホテル）開催。

平成十五年（二〇〇三）　八十五歳
上尾丸山公園に第三句碑「野を突つ切る一河の青さ今朝の春」（師弟句碑）建立。

平成十六年（二〇〇四）　八十六歳
第九句集『楼蘭』（角川書店）刊行。

平成十七年（二〇〇五）　八十七歳
「松本旭先生の米寿を祝う会」（ホテルオークラ）開催。

平成十九年（二〇〇七）　八十九歳
論文集『連歌と俳諧』（本阿弥書店）刊行。
上尾市文化団体連合会第一回文化功労賞受賞。
「橘」三十周年記念大会（ホテルブリランテ武蔵野）開催。

平成二十年（二〇〇八）　九十歳
「橘」三十周年記念「松本旭」パネル展（上尾市民ギャラリー）開催。

平成二十一年（二〇〇九）　九十一歳

第十句集『天恵』（本阿弥書店）刊行。

平成二十三年（二〇一一）　九十三歳

「橘」四百号記念大会を計画するも東日本大震災にて延期（後日縮小して開催）。

平成二十六年（二〇一四）　九十六歳

第十一句集『皷の緒』（本阿弥書店）刊行。

平成二十七年（二〇一五）　九十七歳

五月の全国大会にて「橘」主宰を佐怒賀直美に譲り自らは「橘」名誉主宰となる。

十月三十日夜心不全のため逝去。

あとがき

松本旭が最初の句集『猿田彦』を上梓したのは、昭和四十八年（五十五歳）であり、最後の第十一句集『鼓の緒』の上梓は、平成二十六年（九十六歳）である。これら十一の句集は、四十年を優に超える松本旭の、正に句業の証であり、生きた証である。

昭和五十二年に旭の興した「橘」は、本年八月号を以て目出度く五百号を迎える。そこで五百号記念として、これら全十一句集を一巻に完全収録し、『松本旭句集大全』として刊行することとした。「橘」では、平成十年に『松本旭全句集索引』を、平成二十三年には『松本旭全句集』を簡易本として刊行したが、上製本としては初めてのことである。平成十年版のデータは広岡政彦氏（故人）によるもの。その後、河口義男（故人）・金子玲両氏がそのデータを引き継ぎ、今回も金子玲氏によって増補修正され、活かされた。

また、髙良満智子編集委員長及び「橘」会員諸氏には、物心両面から多大なるご協力をいただいた。ここに改めて御礼申し上げ、共に『松本旭句集大全』の完成を祝いつつ、令和なる天上の松本旭・翠両先生に、謹んで本書を捧げるものである。
最後になるが、本阿弥書店の本阿弥秀雄顧問及び黒部隆洋氏の尽力に感謝申し上げる。

「橘」主宰　佐怒賀直美

令和元年五月一日

［監修］
佐怒賀直美
［編集委員長］
髙良満智子
［編集委員］
横山冷子
松尾紘子
金子　玲
干野風来子
斯波広海

松本旭句集大全（まつもとあさひくしゅうたいぜん）
令和元年七月十日　初版発行
著　者　松本　旭
発行者　奥田洋子
発行所　本阿弥書店（ほんあみ）
東京都千代田区神田猿楽町二—一—八
三恵ビル　〒一〇一—〇〇六四
電話　〇三（三二九四）七〇六八
印刷・製本　日本ハイコム
定　価　本体八〇〇〇円（税別）
ISBN978-4-7768-1427-6 C0092（3143）Printed in Japan

松本旭句集大全

【初句索引】

＊この索引の配列はそれぞれ上句の五十音順とした。上句が同一の場合は、それぞれ、中句を五十音順に掲げた。

＊読みは表記に拘らず発音通りとした。ただし助詞の「は」「を」等は、表記の通りとした。

本阿弥書店

［あ］

【う】

［す］

［せ］

［そ］

［た］

［と］

［ま］

［み］